THE GREAT MAPLE CAPER

Édition française

A WICKED GOOD MYSTERY SERIES

LUCY MAY

CHAPITRE UN

MOIRA WICKED

Nous avons eu une tempête de neige hurlante pendant le week-end. Pour moi, fin février représentait le cœur de l'hiver. À cette période, la neige recouvrait Charm Cove depuis des mois. Bien que les jours s'allongent, il faisait un froid glacial sur la côte du Maine à cette période de l'année.

Un matin, Liam et moi savourions un café au comptoir de la cuisine. C'était dimanche, et Persnickety Potions & Gifts était exceptionnellement fermé. La seule période où nous fermions la boutique le dimanche était pendant cette petite fenêtre temporelle — après les premières semaines de janvier et jusqu'au printemps. Les touristes commençaient à affluer en ville dès que le temps se réchauffait, mais nous avions encore quelques mois de paix et de tranquillité jusque-là.

On frappa à la porte. Liam me jeta un regard en glissant de son tabouret près du comptoir. Ses cheveux noirs étaient encore humides de sa douche.

— On attend quelqu'un ? demanda-t-il.

Je secouai la tête en sirotant mon café. Lorsque Liam ouvrit la porte, mon frère Gabriel se tenait là. Gabriel et moi partagions les mêmes cheveux noirs et yeux verts, bien que ses joues soient rougies par le froid. Il avait l'air d'avoir pataugé dans la neige, vu que ses bottes en étaient couvertes et qu'il y en avait même qui collait au denim de son jean.

— Entre, dit Liam en lui faisant signe de passer la porte.

Mon chat Ghost était stratégiquement positionné au-dessus de la porte sur son étagère préférée pour faire la sieste et sauta promptement sur l'épaule de Gabriel avant de rebondir sur le sol. Ghost portait bien son nom, non seulement parce que sa fourrure était blanche, mais aussi en raison de sa capacité à apparaître comme par magie.

Gabriel rit doucement et s'agenouilla pour caresser Ghost. Mon frère aîné était revenu s'installer à Charm Cove quelques semaines plus tôt seulement, après un séjour en Californie pour régler les derniers détails de son travail. Il avait officiellement délogé Liam du cottage du gardien sur la propriété de mes parents. Étant donné que Liam résidait officieusement chez moi depuis plusieurs mois déjà, ce n'était pas vraiment un changement.

— Plus de café chez toi ? lançai-je tandis que Gabriel secouait la neige de ses bottes et les retirait près de la porte.

— Je ne dirai pas non si tu en proposes, répondit-il en s'approchant du comptoir, mais ce n'est pas pour ça que je suis là.

— Qu'est-ce qui se passe ? demanda Liam en se réinstallant sur son tabouret et en tapotant celui à côté de lui.

Gabriel s'assit à côté de Liam, se débarrassant de sa veste et la suspendant au dossier du tabouret. Je me levai pour prendre une tasse dans le placard et la remplir de café. En la faisant glisser vers Gabriel alors que je reprenais ma place face à lui, j'indiquai d'un signe de tête la crème et le sucre.

— Sers-toi. Alors... laissai-je ma phrase en suspens.

— Attends, laisse-moi boire une gorgée de café.

Gabriel ajouta un soupçon de crème et but une grande gorgée, soupirant avant de m'adresser un sourire.

— Délicieux. Tu le fais toujours bien corsé.

Je fis un cercle avec ma main en l'air, lui indiquant de poursuivre.

— D'accord, d'accord. Tu sais que c'est la saison du sucre d'érable, alors j'ai gardé un œil sur les arbres. La semaine dernière, j'ai posé quelques entailles d'essai et j'ai terminé l'installation des conduites gravitaires à la ferme.

— Oui, j'ai placé deux entailles la semaine dernière, intervint Liam. Je prévoyais de les vérifier aujourd'hui.

La saison de l'érable débutait en plein cœur de l'hiver, généralement entre mi-février et mi-mars. Cela se produisait partout en Nouvelle-Angleterre et dans une grande partie du Canada. Je connaissais un peu l'acériculture, sans être une experte. De nombreuses familles le faisaient pour leur propre consommation, tandis que d'autres en faisaient une activité secondaire, et certaines avaient de véritables exploitations.

Les familles Wicked et Good avaient des pratiques variées. Mes parents entaillaient toujours quelques arbres et fabriquaient leur propre sirop d'érable chaque année. Avec son retour au bercail, Gabriel avait décidé de relancer l'ancienne entreprise d'acériculture qui était restée inactive depuis le décès d'un de nos lointains cousins Wicked. La propriété était simplement restée là, et Gabriel en avait hérité après la mort de notre cousin.

Dans la famille Good, les parents de Liam le faisaient occasionnellement comme les nôtres, mais son cousin Nathan Good, qui gérait le phare Beacon's Charm, exploitait aussi une entreprise d'acériculture. La saison du sirop d'érable était une affaire sérieuse pour certaines personnes dans le Maine.

Gabriel prit une autre gorgée de café et passa sa main dans ses cheveux.

— Eh bien, je serais curieux de savoir si tes seaux sont toujours là.

— Pourquoi dis-tu ça ? demanda Liam.

— Parce que je suis allé voir les deux arbres que j'ai testés là où nous le faisons habituellement sur la propriété, et les seaux ont disparu. Les nouvelles conduites que j'ai installées ont été coupées. Maman a dit que ses seaux avaient disparu aussi. Tu sais qu'elle a son arbre préféré juste à côté de la maison, expliqua Gabriel.

— Hein ? fis-je. Mes compétences conversationnelles n'étaient pas à leur meilleur par les froids matins d'hiver où je pouvais faire la grasse matinée.

Pour le moment, je considérais cela comme une légère curiosité. Liam se leva et se dirigea vers la véranda arrière, enfilant ses bottes près de la porte.

— Je vais vérifier tout de suite, lança-t-il par-dessus son épaule en sortant sur le pont arrière.

Je jetai un coup d'œil à Gabriel.

— Tu penses que c'est juste aléatoire ?

— C'est une sacrée coïncidence que mes seaux et ceux de maman aient été volés.

Je pris une gorgée de café, pensant que c'était probablement juste une farce de quelque adolescent. Liam revint quelques minutes plus tard pour signaler que les seaux de ses deux entailles avaient également disparu.

Considérant que les sorcières et les sorciers abondaient ici, quelqu'un pourrait certainement faire des bêtises, mais c'était assez inoffensif si tout cela se limitait au vol de quelques seaux de sève.

En fin d'après-midi, il était tout à fait clair qu'il ne s'agissait pas d'une simple farce. Plusieurs des principales exploitations acéricoles avaient toutes signalé que chaque seau de sève d'érable avait disparu et que les conduites gravitaires, qui transportaient la sève vers les systèmes de production de sirop, avaient été coupées. Il s'agissait d'un vol majeur de sirop d'érable et d'une catastrophe financière potentielle pour les entreprises acéricoles.

Le sirop d'érable était un commerce florissant dans toute la Nouvelle-Angleterre. Chaque fois que je pensais au sirop d'érable, j'imaginais ces vieilles cartes commerciales où l'on voyait des flèches encerclant le globe pour indiquer le parcours des marchandises. Le sirop d'érable partait de la Nouvelle-Angleterre et du Canada pour être distribué dans le monde entier.

Les gens étaient simplement abasourdis. Qui dans le monde volerait de la sève d'érable brute en masse ?

L'entreprise de bonbons à l'érable de la ville était en émoi. C'était un tel brouhaha qu'une réunion municipale fut convoquée et tenue à Enchanted Spirits. Un bar avait été choisi comme lieu de rendez-vous parce que les gens étaient tellement stressés qu'ils avaient besoin de boire un verre.

À la fin de la soirée, Nathan Good avait surnommé l'événement Le Grand Coup du Sirop d'Érable. Il était plutôt ivre quand il avait fait cette proclamation, mais cela convenait parfaitement.

CHAPITRE DEUX

Poussant la porte du café Magic Beans, je jetai un coup d'œil autour de moi tandis que la clochette tintait derrière moi. C'était bondé ce matin, mais je m'y attendais. Je ne doutais pas une seconde que les spéculations et les commérages d'hier soir à l'Enchanted Spirits s'étaient poursuivis ce matin. En m'approchant du comptoir, j'attendis pour commander mon café, me demandant si Zoé serait là pour me retrouver comme d'habitude.

Elle répondit à ma question quand je sentis une tape sur mon épaule. En me retournant, je rencontrai son large sourire. — Bonjour.

— Bonjour, je me demandais justement si tu allais venir.

La file avançait lentement, et Zoé hocha la tête. — J'ai réussi à venir. Hier soir, on s'est couchés un peu plus tard que d'habitude pour un jour de semaine, mais Daniel s'est levé tôt pour aller au commissariat et il m'a déposée ici.

Zoé était ma meilleure amie et l'épouse du chef de la police de Charm Cove, Daniel Levesque. Nous avions l'habitude de prendre un café ensemble deux fois par semaine, bien que ce soit informel dans le sens où parfois l'une de nous ne pouvait pas venir, et nous ne nous en faisions pas quand cela arrivait. J'étais une grande adepte des amitiés sans prise de tête – ces amis qui sont toujours là quand on a besoin d'eux, mais qui ne vous font pas de reproches quand la vie interfère avec vos plans.

Nous atteignîmes le comptoir, et Sarah Glen nous sourit de derrière la caisse. Sarah parvenait à rester enjouée peu importe l'heure à laquelle elle commençait à travailler. Étant donné que Magic Beans ouvrait à cinq heures trente du matin, je devais lui reconnaître son attitude positive. Ses cheveux blonds étaient tirés en queue de cheval, et ses yeux bleus étaient vifs, donc je supposais qu'elle avait déjà pris son café du matin. — Bonjour, mesdames. Que puis-je vous servir ce matin ? Avant que vous ne demandiez, nous n'avons plus de latte au sucre d'érable.

Zoé soupira. — C'est mon préféré.

— Je sais. Crois-moi, il figure sur la liste des préférés de beaucoup de gens, répondit Sarah.

Elle nous regarda avec attente, alors je commandai. — Je prendrai un Americano avec un shot supplémentaire d'espresso.

— Je prendrai un latte au caramel, ajouta Zoé.

Pendant que Sarah préparait nos cafés, je lui demandai : — Où est-ce que vous vous procurez habituellement votre sucre d'érable ?

— Nous l'achetons localement. Chez Nathan, à Maple Staple et chez Munns Maple. Ils nous livrent chaque semaine à cette période de l'année. Il nous reste un petit stock, mais ma mère voulait qu'on attende et qu'on ne l'utilise pas tout de suite. Vous avez entendu quelque chose ? demanda-t-elle en me tendant mon café.

— Rien depuis hier soir. Me tournant vers Zoé, je demandai : — Des nouvelles de Daniel ?

Zoé secoua la tête. — Pas avant que je parte travailler ce matin. Il pensait passer toute la matinée à enregistrer des plaintes, vu le nombre de personnes contrariées par le vol de leurs seaux de sève.

Sarah donna son café à Zoé et nous encaissa rapidement, ajoutant deux scones aux myrtilles à la dernière minute. — J'espère vraiment qu'on va résoudre cette affaire. Ne plus proposer temporairement de lattes au sucre d'érable, ce n'est rien comparé à ce que certains vivent, commenta Sarah.

Après avoir payé, Zoé et moi nous installâmes à une table dans le coin. Prenant une bouchée de mon scone, je jetai un coup d'œil à

Zoé. — Je n'avais jamais vraiment réfléchi à combien d'argent la production de sucre d'érable rapportait à certaines familles de la ville. Ce n'est pas que je ne savais pas qu'il y avait deux grandes entreprises ici, mais je n'avais aucune idée du nombre de personnes qui le faisaient à petite échelle et en tiraient un revenu. Quelqu'un qui vole toute cette sève, c'est la chose la plus bizarre.

Zoé finit une gorgée de son café. — Je sais. Des idées ?

Je secouai la tête. — Aucune. Ça ne semble pas être la chose la plus facile à voler, ce qui me fait me demander si la magie n'y est pas pour quelque chose.

Zoé acquiesça, ses boucles brunes rebondissant. — C'est exactement ce que je pense. Soit ça, soit des ados qui font n'importe quoi. Je n'imagine pas qui d'autre pourrait courir partout en volant autant de seaux de sève.

— Bonjour, les filles, lança ma mère.

Levant les yeux, Zoé et moi fîmes un signe de la main. Ma mère faisait la queue avec ma tante Lea. Il faisait un froid glacial ce matin, et elles étaient toutes les deux habillées pour affronter le temps avec de longs châles de laine, des écharpes et des gants assortis.

Zoé me regarda dans les yeux et me fit un clin d'œil. — Je suppose que nous aurons de la compagnie dans une minute.

Je souris. — Bien sûr. Mais je n'ai plus beaucoup de temps, et j'espérais passer voir Daniel avant d'ouvrir la boutique.

— Je viendrai avec toi, proposa Zoé. — Tu sais qu'il est toujours plus enclin à discuter si je suis là pour le faire culpabiliser.

J'éclatai de rire. — Si vrai.

Je savourais une autre bouchée de mon scone quand ma mère et Lea arrivèrent à la table à côté de nous.

— Bonjour, les filles, commença Lea, rejetant sa tresse par-dessus son épaule. Bien qu'elles soient belles-sœurs, ma mère et Lea avaient des cheveux noirs similaires avec des mèches argentées. Ma mère avait tendance à les porter détachés, tandis que Lea les portait généralement en tresse ou torsadés en chignon.

Les yeux verts de ma mère brillaient tandis qu'elle me souriait, s'asseyant sur une chaise face à notre table. — Nous avons des nouvelles.

— Quoi donc ? demanda Zoé, mettant une bouchée de son scone dans sa bouche.

— Hier soir, chez Munns Maple, ils ont surpris un groupe d'ados du lycée qui faisaient la fête à l'autre bout de la propriété.

— Et ils avaient quelques-uns des seaux de différents endroits. Pas tous, mais suffisamment, ajouta Lea.

— Vous pensez que c'est aussi simple que ça ? Juste des ados qui font n'importe quoi ? demanda Zoé.

Ma mère haussa légèrement l'épaule, son regard pensif. — Je ne sais pas. Mais ça a plus de sens qu'un groupe d'ados soit impliqué plutôt qu'une seule personne. D'après ce que je comprends, plus de vingt personnes ont signalé des seaux de sève volés et trois producteurs majeurs, l'établissement de Nathan, Maple Staple et Munns Maple. Bien sûr, il y a aussi l'endroit de ton frère, mais il ne fait que commencer cette année. Ma mère se tourna vers Zoé. — Est-ce que Daniel a parlé avec toutes les principales exploitations de la ville ?

Zoé finit une gorgée de café et secoua la tête. — Il n'est même pas neuf heures du matin. Avant qu'il ne parte travailler ce matin, il n'en savait pas plus que le reste d'entre nous hier soir à l'Enchanted Spirits.

— Nous nous rendons là-bas dans quelques minutes. J'ai un rapport officiel à faire car nos seaux ont été volés. Vous devriez venir avec nous au cas où personne d'autre n'aurait signalé avoir trouvé ces ados hier soir.

———

Un vent glacial soufflait de l'océan Atlantique, traversant les rues du centre-ville de Charm Cove. Avec la ville située sur une falaise surplombant l'océan, les hivers pouvaient être impitoyables les jours de grand vent. Je resserrai mon manteau autour de mes épaules tandis que nous marchions les deux pâtés de maisons séparant Magic Beans du poste de police.

L'imposant bâtiment carré en granit trônait tranquillement au coin de la rue. Je ressentis un soulagement lorsque nous entrâmes et que la chaleur nous enveloppa. Ce n'était pas comme si le commissariat de

Charm Cove était excessivement chauffé, mais il gelait dehors. La réceptionniste, Anna Goodness, leva les yeux et sourit. La famille Goodness était une branche de la famille Good et comptait de nombreuses sorcières et sorciers. Anna était elle-même une vieille sorcière. En tant que réceptionniste au commissariat depuis aussi longtemps que je puisse me souvenir, elle gardait un profil bas, mais sa famille était assez puissante.

— Eh bien, bonjour, mesdames. Laissez-moi deviner, vous êtes ici pour déposer des rapports officiels concernant vos seaux de sève d'érable disparus ?

S'avançant vers le bureau, Lea posa une main sur sa hanche et hocha la tête. — Bien sûr. Y a-t-il eu un rapport concernant autre chose aujourd'hui ?

Anna secoua la tête. — Pas encore. Nous avons eu une matinée chargée. Vous ne croiriez pas combien de personnes se sont fait voler leur sève.

— Est-ce que Daniel a le temps de nous rencontrer maintenant ? intervint Zoé.

La présence de Zoé était probablement la seule chose qui nous permettrait d'obtenir une rencontre en face à face avec Daniel ce matin. Anna lui sourit. — Pour vous, bien sûr.

Elle fit une pause pour prendre un appel et biper Daniel en même temps. Ma mère jeta un coup d'œil à Zoé en lui faisant un clin d'œil. — Je suis sûre que Daniel est occupé, mais nous apprécions vraiment que tu nous fasses entrer.

Pendant que nous attendions, je comptais machinalement les carreaux alternés noirs et blancs sur le sol. Le commissariat était logé dans un beau vieux bâtiment de granit, et l'intérieur n'était que pratique, avec des murs blancs et des sols carrelés. Les seules décorations, si on peut même les appeler ainsi, étaient des certificats et des licences accrochés aux murs. Outre le bureau d'Anna, il y avait une table dans le coin avec des brochures et des chaises en plastique.

Quelques instants plus tard, la porte du fond s'ouvrit et Daniel passa la tête. Avec ses cheveux noirs et ses yeux sombres, c'était un bel homme. Zoé l'adorait, ce qui était pratique, vu qu'ils étaient mariés. Et il le lui rendait bien. De temps en temps, il exprimait sa frustration de devoir mener des enquêtes dans une ville remplie à ras bord de sorcières et de sorciers.

Je supposais que ce serait difficile même dans les meilleures circonstances. Heureusement, il se trouvait être marié à une sorcière, et quelques membres de sa famille étaient des sorcières et des sorciers. En tant que tel, il avait un peu plus d'acceptation de la situation que beaucoup de ceux qui n'avaient pas de pouvoirs surnaturels.

Avec un sourire ironique, il nous escorta toutes les quatre jusqu'à son bureau. Dès que la porte se referma, il se tourna vers ma mère et Lea et demanda : — Puis-je vous offrir un café, mesdames ?

Ma mère secoua la tête, desserrant son écharpe et s'asseyant à une petite table ronde qu'il lui indiquait. Lea la rejoignit, secouant également la tête. Avant même que Zoé et moi n'ayons eu la chance de nous asseoir, Lea se lança dans l'explication concernant les ados surpris à faire la fête tard la nuit dernière. — Avez-vous entendu parler de cela ? demanda-t-elle après son résumé rapide.

Daniel acquiesça. — Je n'ai pas encore eu la chance d'y aller, mais Howard Munns m'a appelé dès ce matin pour me le signaler. Comme vous pouvez l'imaginer, j'ai eu une matinée chargée. Y avait-il autre chose que vous souhaitiez signaler ? demanda-t-il poliment, avec une lueur dans le regard.

Ma mère et ma tante avaient tendance à donner des ordres à tout le monde, y compris au chef de la police. La plupart du temps, il était assez tolérant face à cela, bien qu'il fixe occasionnellement certaines limites.

— Eh bien, je suppose que nous devrions officiellement déposer une plainte pour notre sève volée. Tu vas déposer une plainte aussi, Moira ? demanda Lea.

— Il n'y a que deux seaux qui manquent derrière notre maison, mais je pensais que nous devrions le signaler, juste pour que ce soit enregistré. Voilà, c'est ma déclaration, répondis-je.

Daniel se pencha pour prendre une tablette sur son bureau, tapant rapidement ma déclaration. Après avoir pris les dépositions de ma mère et de Lea, Lea se tourna vers Zoé. — Et toi, ma chérie ? Tu as une déclaration à faire ?

Zoé éclata de rire, et Daniel leva les yeux au ciel. — Au cas où vous l'auriez oublié, nous sommes mariés. Nous avions effectivement quatre seaux manquants. Je les ai officiellement enregistrés, ne vous inquiétez pas, dit-il, faisant un clin d'œil à Zoé.

Lea et ma mère se levèrent. — Dans ce cas, je suppose que nous avons terminé. Maintenant, tu nous tiendras au courant, n'est-ce pas ? demanda ma mère.

— Je vous tiendrai informés de toute information que je pourrai rendre publique, répondit Daniel d'un ton égal.

Lea souffla et passa son écharpe rouge par-dessus son épaule. — Je vous en prie, Daniel. Comme toujours, nous vous ferons absolument savoir si nous apprenons quelque chose de nouveau.

Sur ce, elles quittèrent la pièce dans un tourbillon de manteaux de laine et d'attitudes légèrement contrariées. Dès que la porte se referma derrière elles, Zoé sourit. — Peut-être devrions-nous persuader Lea de se présenter au poste de chef de la police lors des prochaines élections municipales.

Daniel gémit et secoua la tête. — Je dois les gérer, c'est vrai, mais elles ont toutes les deux de bonnes intentions, et j'apprécie cela. Autre chose à ajouter ? demanda-t-il, nous regardant tour à tour.

— Je ne crois pas. Est-ce que tu sais autre chose ? Je veux dire, que tu pourrais nous dire, précisai-je.

Daniel rit en reposant sa tablette sur son bureau. — Rien que vous ne sachiez déjà. Vingt personnes sont venues ce matin jusqu'à présent. La plupart des signalements sont considérés comme des vols mineurs, mais nous avons maintenant quatre entreprises majeures dont toute la réserve de sève d'érable a été vidée. C'est un délit au niveau d'un crime à ce stade.

Son téléphone commença à sonner. S'éloignant de son bureau, il attira Zoé vers lui pour un rapide baiser puis nous fit signe de sortir.

Alors que Zoé et moi marchions ensemble dans la rue, je jetai un coup d'œil vers elle. — Eh bien, je vais être particulièrement curieuse à la boutique aujourd'hui.

— Je pense que tout le monde sera particulièrement curieux. C'était un coup dur, et il ne visait pas seulement les familles de sorciers. En parlant de ça, dit-elle, s'arrêtant alors que nous arrivions au coin où elle tournerait pour descendre vers le collège où elle enseignait.

Elle écarta une mèche rebelle de ses yeux quand une rafale de vent la fit voler. — Ça me fait penser que nous n'avons peut-être pas affaire à des sorciers.

— Peut-être pas, mais s'il s'agit juste de vandalisme, c'est beaucoup de vandalisme. Surtout si ce sont ces ados.

— Je sais, mais c'est difficile de savoir ce qui a du sens quand le crime est si bizarre. Je veux dire, la sève d'érable en grandes quantités n'est pas très utile à moins d'avoir l'équipement pour en faire quelque chose.

Une autre rafale de vent souffla, et je frissonnai. — C'est vrai. D'une façon ou d'une autre, on va bien finir par comprendre. Je dois aller à la boutique. À bientôt, d'accord ?

Zoé acquiesça et fit un signe de la main avant de s'éloigner rapidement.

CHAPITRE TROIS

Cet après-midi-là, la boutique Persnickety Potions & Gifts était bondée. Cette période de l'année était généralement la plus calme pour les affaires. Le magasin vendait diverses idées cadeaux, des bijoux et des potions présentées comme des remèdes à base de plantes. Il appartenait à ma famille depuis des siècles, et nous gagnions beaucoup d'argent depuis sa création. Nous proposions parfois de véritables objets magiques légèrement imprégnés de sorts, comme des baguettes décoratives et des bougies, bien que tout soit commercialisé sous un angle New Age. Notre commerce avait explosé ces dernières décennies avec le regain d'intérêt pour tout ce qui touchait à la spiritualité. Ce que les gens ignoraient, c'est que nous mettions en bouteille et vendions de la vraie magie ici. Tout était pour le bien, alors tout le monde y trouvait son compte.

Charm Cove, dans le Maine, était un bastion de sorcières et de sorciers. La ville avait été fondée par les Wicked et les Good. Oui, j'étais une Wicked, mais je n'étais pas *méchante*. Nos familles avaient fui Salem, dans le Massachusetts, juste avant les procès de sorcières et avaient établi cette petite enclave de sorcellerie il y a quelques siècles. J'avais la chance, ou la malchance selon comment on voyait les choses, d'être descendante de sorcières et de sorciers incroyablement fiers et puissants.

Je faisais également face à mon prétendu *destin*. Suite à un siècle de querelles croissantes entre les Wicked et les Good après un mariage qui avait mal tourné, deux matriarches sorcières aux pouvoirs ancestraux avaient lancé un sort qui décrétait qu'un Wicked et un Good devaient se marier chaque siècle pour maintenir la paix entre les familles.

Trop de pouvoir utilisé contre les autres était un problème pour le monde surnaturel. Les deux familles étaient immenses et étendues, avec des ramifications dans chaque communauté de sorciers du monde. Nous étions suffisamment nombreux pour qu'un mariage puisse avoir lieu chaque siècle sans craindre que les lignées se croisent. Ce sort avait fait l'affaire et apaisé les eaux tumultueuses entre nos deux puissantes familles. Depuis aussi longtemps que je me souvienne, on m'avait dit que j'étais destinée à épouser Liam Good. Vois-tu, le nom Moira signifiait destin. Nos origines françaises, irlandaises et celtiques étaient encore très présentes aujourd'hui, ce qui expliquait comment ce nom était arrivé dans notre famille.

J'étais revenue à la maison par hasard l'année dernière et je m'étais finalement réconciliée avec Liam, que j'avais autrefois aimé comme seule la jeunesse le permet — passionnément, intensément et sans réfléchir. Avec mes esprits retrouvés et quelques années de sagesse, je supposais que j'avais la chance d'aimer vraiment Liam, étant donné que nos familles nous auraient probablement enfermés dans une cave et forcés à nous marier si nous n'étions pas revenus ensemble de notre propre initiative. Voilà donc, en bref, l'histoire de Charm Cove et de mon destin.

Je n'étais pas encore mariée, mais j'étais fiancée. Liam et moi vivions dans le péché pour l'instant, et nos familles étaient plus que disposées à fermer les yeux. Les familles de sorciers pouvaient parfois se montrer terriblement *convenables*, mais tous étaient tellement soulagés que nous nous soyons retrouvés que personne ne disait mot.

Suite à mon retour à Charm Cove, j'avais également pris en charge la gestion de Persnickety Potions & Gifts. Étant donné que cette entreprise appartenait à ma famille depuis si longtemps, nous possédions tous les registres comptables depuis sa fondation. Je savais donc, de source sûre, que la période de fin février à début mars était une période calme pour le magasin, et ce depuis des siècles. À cette période de l'année, l'hiver tenait Charm Cove fermement dans son emprise glaciale. C'était aussi le moment où les choses commençaient à se réchauffer légèrement, ce qui avait tendance à créer un sentiment d'impatience.

La neige recouvrait la petite ville et l'océan avait des banquises qui dérivaient près du rivage. Les jours vraiment froids, quand le vent était mordant, l'eau salée gelait sur les rochers lorsque les vagues s'y écrasaient. Il n'y avait généralement pas beaucoup de monde dehors. Bien qu'il y ait parfois des visiteurs venus d'ailleurs, ce n'était rien comparé à l'affluence de l'été.

Cela dit, un flux régulier de clients locaux passait par le magasin aujourd'hui. Tout le monde avait des questions à poser sur la sève d'érable disparue et des petits commérages à partager sur leurs soupçons. Isobel Martin, une sorcière moyennement puissante, est passée. J'aurais dû savoir qu'elle s'arrêterait. S'il y avait jamais une situation en ville dans laquelle elle ne parvenait pas à se planter en plein milieu, j'aurais été surprise. Lors du dernier incident juste avant Noël, quand la lumière du phare s'était éteinte, elle avait été étonnamment absente de tous les bavardages locaux. Ce n'est qu'après coup que j'ai appris qu'elle était partie rendre visite à sa famille dans un autre État pendant toute cette période.

Depuis, elle était passée plusieurs fois pour en discuter avec moi, ne serait-ce que pour satisfaire son petit besoin de commérage. Avec les événements de ces derniers jours, je n'étais absolument pas surprise quand elle est entrée en coup de vent.

Isobel me faisait toujours penser à une petite poule. Je le disais de la façon la plus gentille possible. Je trouvais les poules plutôt mignonnes. Avec ses cheveux bruns courts et duveteux, ses yeux bruns et sa silhouette légèrement ronde, eh bien, j'imaginais simplement qu'elle avait été une poule dans une autre vie. Elle venait d'une famille de sorcières assez ancienne, mais ils n'étaient pas particulièrement disciplinés. Au fil des générations, ils n'avaient jamais vraiment affiné leurs pouvoirs. Isobel ne faisait pas exception, lançant des sorts occasionnels pour s'amuser, mais sinon, profitant surtout de son statut de sorcière pour avoir l'impression de faire partie de la communauté de Charm Cove.

— Bonjour, Moira, lança-t-elle alors que la porte se refermait derrière elle. Elle fit mine de regarder autour du magasin, comme si elle était là pour réellement acheter quelque chose.

Je terminais d'encaisser une autre cliente qui s'était arrêtée pour quelques potions. Dès que la femme partit, Isobel fonça directement vers moi au comptoir.

— Eh bien, je suis allée directement voir Daniel au poste de police ce matin. Tout mon stock personnel de sève a été volé. Ce n'est pas juste un passe-temps pour moi. Je fabrique du sirop et des bonbons que je distribue à presque toute ma famille. Je dois les avoir prêts pour l'année prochaine et pour les cadeaux pendant l'été quand les gens viennent nous rendre visite, expliqua-t-elle, les yeux écarquillés.

Je ne doutais pas que la production de sirop d'érable soit plus qu'un passe-temps pour Isobel. Elle était bien connue à Charm Cove pour ses prouesses culinaires.

— Je suis vraiment désolée d'entendre ça. Je suis passée aussi. Liam et moi n'avons eu que deux seaux volés, mais quand même. Nous devons tous faire notre part, n'est-ce pas ?

Isobel adorait avoir l'impression de faire partie des choses, et j'aimais lui donner cette impression. Je l'aimais bien, en fait, mais je trouvais aussi pratique qu'elle veuille me parler. Elle me disait à peu près tout. Dans des moments comme celui-ci, c'était bien utile.

Elle acquiesça à mon commentaire. — As-tu entendu parler de ces jeunes qui faisaient la fête chez Munns Maple ? Tu penses qu'ils ont quelque chose à voir avec ça ?

— J'en ai entendu parler. Ça semble être une possibilité, mais on ne sait jamais. Je ne suis toujours pas sûre de comment ils auraient pu courir partout en ville et voler autant de sève.

Isobel pinça les lèvres, inclinant la tête sur le côté. — J'ai pensé la même chose. Je veux dire, j'ai dit à Daniel que la chose logique serait un concurrent essayant d'éliminer la concurrence. Tu ne crois pas ?

— Ça a certainement du sens, mais jusqu'à présent, il semble que tous les principaux distributeurs aient été ciblés.

Elle approuva d'un signe de tête. — Il y a aussi le vieux Tom Lewis dont la propriété est bloquée au tribunal. Qu'en est-il de lui ?

C'était bien Isobel d'être assez curieuse pour connaître ce genre de choses. Tom Lewis était un vieux sorcier dont la femme, Hettie Lewis, était décédée il y a quelques années. Avant sa mort, ils géraient une entreprise de sirop d'érable.

— Comment sais-tu que sa propriété est bloquée au tribunal ? demandai-je. Ma curiosité était certainement piquée.

— Oh, si tu te souviens, leur propriété appartenait à l'origine à sa famille à elle. Quand elle est morte il y a quelques années, l'acte de propriété était rédigé de telle manière que si elle décédait avant lui, la propriété devait revenir à un membre de sa famille. Comme ils n'avaient pas d'enfants, cela signifiait sa famille à elle.

— Oh, où est sa famille ?

— Ici même en ville. Cette propriété vaut certainement de l'argent. L'exploitation de sirop d'érable n'a pas été opérationnelle depuis des années, mais elle vaut certainement quelque chose. Quoi qu'il en soit, l'un de ses cousins voulait lui faire payer un loyer pour y vivre. Tu y crois ? demanda-t-elle, visiblement consternée par cette idée.

Je ne pouvais pas prétendre bien connaître Tom, mais c'était un homme tranquille qui s'occupait de ses affaires. Il avait adoré sa défunte épouse, ce que je savais uniquement parce qu'il venait fidèlement dans notre magasin chaque année pour acheter un bijou pour leur anniversaire. Je détestais apprendre qu'il était chassé de la maison qu'il avait partagée avec Hettie. Il devait avoir près de quatre-vingt-dix ans maintenant, et cela ne semblait tout simplement pas juste.

Isobel poursuivit : — Il a essayé de les racheter, mais ensuite ils ont tenté de l'expulser. L'affaire est bloquée au tribunal depuis. Il pourrait certainement utiliser l'argent s'il relançait l'entreprise de sirop d'érable.

La cloche au-dessus de la porte tinta, annonçant l'arrivée de clients. Un petit groupe entra, apportant avec eux une bourrasque de vent. Ils semblaient venir d'ailleurs. Les touristes de Charm Cove se réduisaient à un filet en hiver, mais une station de ski dans une ville voisine envoyait parfois des gens ici pour faire du shopping. J'en déduisis que c'était d'où venait ce groupe. Ils étaient habillés comme tout droit sortis d'un catalogue de vêtements d'extérieur.

Isobel jeta un coup d'œil dans leur direction puis me sourit. — Je suppose que je devrais·y aller. C'est tout ce que je sais sur ce qui se passe. J'ai également informé Daniel de la situation de propriété de Tom, dit-elle, d'un ton bas en se penchant par-dessus le comptoir.

— Fais-moi savoir si tu penses à autre chose, proposai-je avec un sourire.

Elle boutonna son manteau et enfila ses gants avant de s'éloigner d'un signe de la main. Je portai mon attention sur les clients, passant un peu de temps à leur montrer nos baguettes et certains de nos bijoux. Aujourd'hui, mes jeunes cousines jumelles n'étaient pas prévues pour venir après l'école. Pendant l'hiver, elles ne travaillaient que trois après-midi par semaine. Ce groupe de clients m'occupa jusqu'à l'heure de la fermeture.

Liam arriva juste avant leur départ. Jetant un coup d'œil, je lui adressai un rapide sourire, une petite décharge de chaleur me traversant quand il me fit un clin d'œil en retour. Pendant que j'encaissais le dernier client, il se promena dans la boutique et redressa les étagères ici et là en passant. Après leur départ et une fois la porte verrouillée, il s'appuya contre le comptoir pendant que je faisais les totaux de la journée.

— Des nouvelles ? demanda-t-il.

— Pas grand-chose. Zoe et moi avons croisé Mama et Lea ce matin. Nous avons découvert que des jeunes se sont fait prendre en train de faire la fête chez Munns Maple. Ils avaient quelques-uns des seaux volés à proximité. Bien que cela puisse simplement être des jeunes qui font des bêtises, Isobel m'a donné une piste encore meilleure.

— Laquelle ?

— Tom Lewis est apparemment en procès au sujet de la propriété où lui et Hettie ont vécu aussi longtemps que je me souvienne. Selon Isobel, l'acte de propriété exigeait que la propriété revienne à la famille de Hettie s'ils n'avaient pas d'enfants. Isobel pense qu'il pourrait avoir besoin d'argent rapidement. Il a l'équipement pour faire quelque chose avec toute cette sève d'érable parce qu'ils ont géré cette entreprise pendant des années.

Éteignant la caisse enregistreuse, je jetai un coup d'œil. Le regard bleu de Liam se plissa alors qu'il considérait les informations d'Isobel. — C'est certainement possible. Je suppose qu'Isobel a déjà informé Daniel.

— Bien sûr qu'elle l'a fait, dis-je avec un sourire. Je me moquais peut-être d'Isobel, mais sa curiosité était parfois utile.

On frappa à la porte d'entrée du magasin. Liam se retourna, regardant à travers les fenêtres. Le soleil se couchait, mais il y avait encore assez de lumière pour voir Nathan Good, le cousin de Liam, qui regardait à travers la porte vitrée.

— Ça te dérange de le laisser entrer ? demandai-je.

Secouant la tête, Liam se tourna et se dirigea vers la porte. Après que Nathan soit entré, Liam verrouilla à nouveau l'entrée. — Quoi de neuf ? demanda-t-il alors qu'ils marchaient vers moi.

Nathan semblait fatigué, passant une main dans ses cheveux et soupirant quand il atteignit le comptoir. — J'ai vu ta voiture dehors et j'ai pensé passer. J'étais chez Hardware Charm pour acheter quelques trucs pour réparer le portail cassé à Mystic Maple. Je me demandais si quelqu'un avait entendu quelque chose depuis hier soir, expliqua-t-il.

Quand Liam me regarda, haussant un sourcil, je résumais rapidement les bribes d'informations que j'avais recueillies. — Ce ne sont que des spéculations, bien sûr. C'est un début. D'un côté, j'ai des doutes concernant les jeunes, mais de l'autre, ils sont nombreux. Ils pourraient courir partout en ville pour voler la sève d'érable. J'ai du mal à croire qu'une seule personne ait fait tout cela à moins d'avoir lancé un sort.

— C'est vrai. C'est beaucoup de travail pour s'amuser. Comment les choses se présentent-elles à la ferme ? demanda Liam.

Nathan secoua lentement la tête. — Pas terrible. Tout mon stock a été anéanti, et ils ont endommagé certaines des lignes de distribution. Ce n'est pas affreux, mais il me faudra quelques jours pour que tout fonctionne à nouveau. Je vais aussi installer des caméras de sécurité. Je me dis que si quelqu'un essaie de recommencer, soit nous les attraperons, soit nous saurons qu'ils ont de la magie parce que nous ne les attraperons pas.

— Logique, commenta Liam.

Fermant la caisse, je mis l'argent liquide de la journée dans le sac de dépôt avec les reçus de cartes de crédit et les chèques — Laissez-moi prendre ma veste. Je reviens tout de suite. En passant à travers le rideau de perles vers l'arrière de la boutique, je pris mon sac à main et enfilai ma veste avant de vérifier que l'entrée arrière était verrouillée et de lancer un sort de protection dessus.

Liam croisa mon regard quand je revins à l'avant. — Nathan va chercher une pizza et l'apporter chez nous. Je suppose que ça te va.

— Bien sûr. Quand est-ce que la pizza ne serait *pas* une bonne idée ?

Nathan rit en atteignant la porte. — C'est peut-être plus ma compagnie que Liam te demande.

Liam attrapa ma main dans la sienne avec un petit rire. — C'est ça. Tu es sûr que ça ne te dérange pas d'aller la chercher ? demanda-t-il alors que nous suivions Nathan dehors. Après avoir verrouillé, je lançai rapidement un sort de protection sur cette porte avant que nous commencions à marcher.

Nathan secoua la tête. — Non, je vous retrouve tous les deux dans un moment.

———

En entrant par la porte d'entrée de la remise à calèches que je partageais maintenant avec Liam, j'attendis que Ghost nous accueille. Mon chat me saluait habituellement en sautant d'une étagère fixée au mur et en rebondissant sur mon épaule. Ses pattes atterrissaient légèrement sur mon épaule avant qu'il ne rebondisse au sol, tournant sur lui-même pour nous fixer.

Ghost était d'un blanc brillant partout et assez magnifique avec ses yeux verts perçants alors qu'il nous observait, Liam et moi. Après quelques mouvements de sa queue, il se détourna. — Salut Ghost, appelai-je en retirant mes bottes et en accrochant ma veste près de la porte.

Après avoir fait de même, Liam se dirigea vers la cheminée pour faire un feu. Ma petite remise à calèches m'avait été léguée par ma grand-mère à son décès. Autrefois, c'était une véritable remise avec des calèches rangées d'un côté et des chevaux de l'autre. Au cours du siècle dernier environ, elle avait été transformée en un charmant espace. Avec un plancher en bois lustré, le rez-de-chaussée était une immense pièce avec le salon d'un côté et la cuisine de l'autre. Un canapé en coin face à la cheminée offrait une vue sur l'océan derrière la maison. Un îlot central servait de séparation naturelle entre le salon et la cuisine. L'ancien grenier à foin, qui était assez grand, avait été transformé en deux chambres avec une salle de bains à l'étage.

La buanderie et une autre salle de bains se trouvaient au rez-de-chaussée à l'arrière, avec une petite salle à manger à côté de la cuisine. J'avais toujours aimé la remise à calèches, et maintenant je la partageais avec Liam. Comme ma tante Lea l'avait souligné, nous vivions dans le péché, mais comme nous étions fiancés, elle était prête à fermer les yeux. Nous rendions nos familles heureuses avec notre annonce de fiançailles, nous engageant officiellement sur la voie pour accomplir notre destin.

En tant que couple prédestiné de notre génération, notre plan pour soulager la pression de nos familles en nous fiançant avait fonctionné. Bien que j'aie tendance à être anxieuse et que je commençais déjà à m'inquiéter du mariage proprement dit.

Je vérifiai le chauffage et parcourus nos placards pour voir ce que nous avions comme boissons, pendant que Liam allumait un feu. Nous avions le vin, la bière et l'eau habituels.

— Tu penses que Nathan voudra de la bière ou du vin ? lançai-je par-dessus mon épaule.

En me retournant, je vis Liam ramasser Ghost du sol alors qu'il s'approchait de l'îlot de cuisine. — On a plein de bière, non ?

— Bien sûr. Je posai mes coudes sur le comptoir, écoutant le ronronnement de Ghost résonner dans la pièce. — Je crois qu'il t'aime plus, observai-je.

Liam rit juste au moment où Ghost s'échappa de ses bras pour bondir à travers le sol et sauter sur un siège sur le rebord de la fenêtre. — Il est versatile.

Je riais quand on frappa à la porte. — Eh bien, c'était rapide, commentai-je, pensant que je doutais que la pizza soit déjà prête.

— Je te le fais pas dire, répondit Liam en se tournant pour ouvrir la porte. Quand il l'ouvrit, mon frère Gabriel se tenait là. Reculant, Liam fit entrer Gabriel d'un geste tout en le saluant.

J'appelai : — Qu'est-ce qui se passe ?

C'était agréable d'avoir mon frère aîné à la maison, mais il ne passait généralement pas à l'improviste. Alors que Gabriel tapait la neige de ses bottes et les enlevait, il répondit : — J'ai passé la matinée à tout remettre en ordre chez Mystic Maple, pour découvrir ce soir que les nouveaux seaux que j'avais installés ont déjà été volés. Lui et Liam atteignirent le comptoir, s'asseyant tous deux sur des tabourets.

— Qu'est-ce que c'est que ce bordel ? médita Liam.

— Exactement ma question, répondit Gabriel. — J'aurais besoin d'un verre, d'ailleurs.

— Nathan est en route avec une pizza. Je me tournai vers le réfrigérateur et sortis des bières pour lui et Liam. En me versant un verre de vin, j'ajoutai : — Maintenant que ce n'est plus un incident isolé, j'exclus les jeunes pour ma part.

— Les jeunes ? demanda Gabriel.

Liam but une gorgée de sa bière et acquiesça. — Ouais, tu n'as pas entendu parler des jeunes qui se sont fait prendre en train de faire la fête chez Munns Maple ? Ils avaient certains des seaux manquants à proximité. L'hypothèse était qu'ils pourraient simplement être des jeunes idiots.

— Je ne pense pas que ça les exclut, répondit Gabriel. — Bon sang, si tu veux faire des bêtises, c'est un petit vol. Je suis frustré parce que j'ai fait énormément de travail pour remettre l'endroit en ordre au cours de ce dernier mois, et maintenant je tourne en rond.

Après un autre coup à la porte, Nathan arriva. Nous avons passé la soirée à savourer pizza et boissons, et à spéculer sur les diverses possibilités concernant qui cherchait à voler et vandaliser chaque exploitation de sirop d'érable en ville.

CHAPITRE QUATRE

Le lendemain matin, après avoir pris un café chez Magic Beans, je traversai le parc municipal pour me rendre à Persnickety Potions & Gifts. L'air était mordant, avec un vent glacial soufflant de l'océan. Mars était techniquement arrivé, mais le vent n'était pas prêt à laisser quiconque penser que l'hiver était terminé. Mon souffle créait de la buée dans l'air, et je savourais la chaleur du gobelet de café entre mes mains.

Charm Cove possédait un parc municipal typique de la Nouvelle-Angleterre : un petit espace vert en plein centre-ville avec des allées en granit et des parterres de fleurs dans les coins. Les lumières de Noël avaient été retirées du grand sapin baumier au centre du parc, et les arbres étaient saupoudrés de neige et de givre. Le ciel se teintait de rose et de lavande avec le lever du soleil. Je marquai une pause pour respirer profondément, l'air frais me revitalisant. Un mouvement attira mon attention du coin de l'œil, et j'aperçus Beatrice Powers qui traversait le parc d'un pas vif.

Ce matin, elle était seule. D'ici l'arrivée de l'été, elle serait accompagnée d'un groupe de dix personnes ou plus. En hiver, c'était variable pour son groupe de marche rapide. Je la regardai contourner un coin puis se diriger énergiquement vers moi.

Je croisais souvent Beatrice à cette heure de la journée. Parfois elle s'arrêtait pour bavarder brièvement, d'autres fois je n'avais droit qu'à un signe de la main. En quelques secondes, elle s'arrêta presque en dérapant devant moi. Mince comme un fil, elle dessinait une silhouette élancée dans sa tenue de sport en polaire ajustée. À plus de quatre-vingt-dix ans, Beatrice n'avait pas ralenti le moindre du monde. Ses yeux bruns pétillants rencontrèrent les miens avec un sourire.

— Bonjour, Moira, dit-elle joyeusement. En route pour la boutique, je présume.

— Bien sûr. Comment vas-tu ce matin ?

— Je vais bien. Je pensais m'arrêter pour te dire que je vais commencer à marcher l'après-midi autour de quelques exploitations d'érables.

— Oh, en plus de ta promenade matinale ?

— Moira, je marche déjà tous les après-midis aussi. Le matin, c'est mon moment en centre-ville, c'est pourquoi tu me vois. En été, je marche souvent sur les plages ou les sentiers l'après-midi. Tu connais l'ancienne piste cyclable ?

Elle faisait référence à un morceau de terrain détenu en fiducie par Charm Cove. D'anciennes voies de calèches serpentaient à travers la zone et avaient été transformées en sentiers de randonnée et pistes cyclables. En hiver, l'endroit accueillait des skieurs de fond.

— J'aurais dû m'en douter. Tu as assez d'énergie pour nous tous, dis-je en riant, m'arrêtant pour siroter mon café.

Le souffle de Beatrice créait de la buée dans l'air tandis qu'elle souriait. — Eh bien, ça me garde occupée, et j'adore l'air frais. J'ai demandé à ton frère, Nathan, et aux Munn, et ils n'y voyaient pas d'inconvénient à ce que je marche par là-bas. Étant donné qu'ils sont juste à côté les uns des autres, c'est pratique. Vu qu'une autre de leurs exploitations a encore été vandalisée, je me dis que la présence de n'importe qui pourrait être utile.

— Tu ne penses pas que ça se passe probablement la nuit ?

Beatrice haussa les épaules. — Peut-être, mais on n'en sait rien. Il fait encore terriblement froid la nuit. En l'état actuel des choses, soit quelqu'un courait dans les bois sur des kilomètres pour voler des seaux de sève d'érable, soit il détruisait les conduites de sève dans les plus grandes exploitations. À mon avis, ça doit être quelqu'un qui possède de la magie. Je ne sais juste pas qui. De plus, quand j'ai parlé à Nathan, tout allait bien le matin, mais quand il est revenu vérifier en fin de journée, c'est là qu'il a remarqué que les conduites gravitaires avaient été coupées à nouveau.

— Tu sais, quand Gabriel est venu nous informer hier soir au sujet des nouvelles conduites qu'il avait installées, je n'y ai même pas pensé. Ça s'est produit aussi en plein jour là-bas. Que penses-tu de l'hypothèse que ce soit les jeunes qui ont été surpris en train de faire la fête chez Munns Maple ?

Beatrice claqua la langue et secoua la tête. — Je trouve ça ridicule. Trop de travail pour ces gamins. J'ai beau être vieille, je me souviens d'avoir été adolescente. On fait des choses stupides, mais on ne réfléchit généralement pas aussi loin et on ne s'embête certainement pas avec des choses qui demandent autant d'effort sans récompense.

Je ris doucement. — Très juste. Bon, tiens-moi au courant. Je dois y aller pour ouvrir la boutique à l'heure.

— Bien sûr, ma chérie. Je m'en vais. Je passerai si j'apprends du nouveau.

Sur ces mots, elle fit volte-face et reprit immédiatement son rythme soutenu. Frigorifiée après être restée dehors quelques minutes, je me dépêchai de traverser le parc jusqu'à Persnickety Potions & Gifts. La journée serait chargée car j'attendais une commande de bijoux d'un de nos principaux fournisseurs de Portland, en plus d'une grosse commande de l'un de nos distributeurs principaux pour de petits articles cadeaux.

Une fois la boutique prête, je retournai la pancarte sur *Ouvert* dans la porte vitrée et me mis au travail. La matinée était heureusement calme, ce qui me donna le temps de ranger l'arrière-boutique et de faire de la place pour le nouvel inventaire. Environ une heure après l'ouverture, je retournai à l'avant pour mettre à jour notre inventaire de potions avant l'arrivée prévue du courrier. Me rendant compte que j'avais laissé mon café à l'arrière, j'y retournai pour le récupérer.

Juste devant l'entrée arrière, qui était verrouillée, se trouvait un seau. Plus précisément, un seau à sève d'érable distinctif portant l'étiquette de Mystic Maple, l'exploitation que mon frère était en train de revitaliser.

Qu'est-ce que c'est que ce bordel ?

Un frisson me parcourut l'échine, picotant mon cuir chevelu et descendant jusqu'au bout de mes doigts. Dans les trois minutes environ qui s'étaient écoulées depuis que j'avais quitté l'arrière pour aller à l'avant, quelqu'un avait utilisé la magie pour déposer ceci ici.

En m'approchant, je m'arrêtai devant le seau. Je commençais à me pencher quand il me vint à l'esprit qu'il pourrait contenir un sort. Un bout de papier plié se trouvait au fond du seau, ce qui me tentait terriblement. Avant de toucher quoi que ce soit, j'avais besoin d'un peu d'aide.

Sortant mon téléphone de ma poche, j'appelai d'abord mon père. Il répondit immédiatement. — Oui ?

— Peux-tu t'absenter du bureau quelques minutes ? demandai-je.

Entre autres activités, ma famille dirigeait une société de gestion de propriétés d'investissement. Le bureau de mon père y était situé, à quelques pâtés de maisons. — Bien sûr, mais pourquoi ? répondit-il.

— Eh bien, quelqu'un a déposé un seau à sève d'érable de l'exploitation de Gabriel à l'arrière de la boutique. Je suis presque certaine qu'il a été envoyé ici par magie parce que la porte est verrouillée, et j'étais juste ici il y a quelques minutes. Puisque tu peux détecter la magie, j'ai pensé qu'il valait mieux que tu viennes avant que je ne touche à quoi que ce soit. Je suppose que nous devrions aussi faire venir Jacob. Il pourra voir si des sorts ont été jetés dessus et qui pourrait les avoir lancés.

Parmi les sorcières et les sorciers, nous possédons tous des pouvoirs différents et en partageons certains. Mon père pouvait détecter la magie partout, qu'elle soit liée à une personne, un lieu ou un objet. Jacob, l'oncle de Liam, avait la capacité de percevoir les traces de tous les sorts et d'identifier qui les avait lancés. Si quelque chose contenait de la magie mais n'avait pas été utilisé pour jeter un sort, Jacob ne pourrait rien percevoir, contrairement à mon père.

— J'arrive tout de suite. Je passerai par l'avant, répondit mon père.

— Bien sûr. Je vais appeler Jacob tout de suite.

Avant même que j'aie eu la chance d'appeler Jacob, mon téléphone vibra dans ma main et le nom de Liam s'afficha à l'écran.

— Salut, puis-je te rappeler dans un instant ? Je dois appeler Jacob parce qu'un seau à sève est apparu à l'arrière du magasin.

— Vraiment ? C'est justement pour ça que je t'appelais. Ma mère vient de m'appeler parce que deux des seaux disparus de chez mes parents sont apparus chez Beauty Bewitched, expliqua-t-il, faisant référence à la boutique que gérait sa tante Opal.

— D'accord, c'est bizarre. Je vais appeler Jacob tout de suite. Je suppose qu'il peut commencer par l'endroit le plus proche.

Nous raccrochâmes, et j'appelai Jacob. Après l'avoir mis au courant, j'étais terriblement tentée de lire la note dans le seau, mais j'avais assez de bon sens pour ne pas le faire. J'entendis aussi la clochette au-dessus de la porte d'entrée tinter, alors je me précipitai vers l'avant pour trouver le facteur, George Abbott, qui livrait les colis que j'attendais pour la journée. George était également un sorcier.

— Bonjour, Moira, lança-t-il. J'ai quelques boîtes pour vous ici. Laissez-moi déposer celles-ci et je vais chercher le reste.

— Merci, répondis-je tandis qu'il les posait près du coin du comptoir. Pendant qu'il retournait dehors, je les traînai derrière le comptoir. En quelques minutes, il apporta les boîtes restantes.

Après avoir posé la dernière sur la petite pile que j'avais créée, il jeta un coup d'œil. — Alors, j'entends parler de seaux à sève qui apparaissent partout maintenant. Les trois derniers endroits où je me suis arrêté pour déposer le courrier m'ont dit qu'un ou plusieurs seaux à sève étaient apparus à l'arrière. Je serais surpris que vous n'en ayez pas reçu un.

D'accord, maintenant les choses devenaient de plus en plus étranges. — Vraiment ? Eh bien, il en est apparu un ici aussi. Il vient de l'exploitation de Gabriel et il y a une note dedans. S'il te plaît, dis-moi que personne n'a encore touché les seaux.

— Quelqu'un chez Hardware Charm l'a fait, mais ils vont bien. J'appellerai Daniel en me rendant à mon prochain arrêt parce qu'il va avoir une journée chargée à essayer de comprendre tout ça.

— Ça doit être de la magie. Tu ne crois pas ? demandai-je.

George acquiesça lentement. — Vu que tout le monde dit que les seaux à sève n'étaient pas là quand ils ont ouvert, ça doit être de la magie.

Je ne savais pas quoi penser. Évidemment, c'était lié au Grand Coup du Sirop d'Érable, mais je ne comprenais pas comment tout cela s'emboîtait. Je n'étais pas particulièrement proche de George, mais je le connaissais suffisamment bien. Sa famille se situait au milieu de l'échelle de puissance, pour ainsi dire, dans le monde des sorciers. Ils n'étaient pas insignifiants, mais ils n'étaient pas non plus immensément puissants. George avait quelques années de plus que moi, son cercle social étant quelques années en avance quand nous grandissions. Il avait toujours été gentil et avait épousé une sorcière de la famille Ouellette.

— As-tu entendu autre chose ? demandai-je. À part les spéculations concernant les jeunes qui faisaient la fête, je n'ai pas beaucoup d'autres informations. Pour autant que je sache, tous ceux qui ont eu de la sève volée l'ont signalé à Daniel. Hier matin, Isobel Martin m'a parlé de la propriété de Tom Lewis et de la situation là-bas.

George acquiesça. — Quand je me suis arrêté pour livrer le courrier chez elle, elle m'en a parlé. Mais je ne sais rien d'autre. Je pensais que tu en saurais plus que moi.

Je ris et levai les yeux au ciel. — Non. Est-ce que tu as eu de la sève d'érable volée ?

— Juste notre réserve personnelle. Mais il semble que tout le monde ait eu sa réserve personnelle volée. Il s'interrompit, jetant un coup d'œil à l'horloge au-dessus de la porte. — Je dois y aller. Étant donné que je m'arrête partout en ville, je garderai l'oreille aux aguets et je te ferai évidemment part de tout ce que j'apprendrai. Avec un signe de la main, il se retourna et se précipita vers son camion postal.

À l'instant où la porte se referma derrière lui, mon père entra avec Jacob Good juste derrière lui. Bien qu'ils vinssent de familles différentes, les Wicked et les Good, mon père et Jacob se comportaient avec la même prestance noble. Tous deux avaient maintenant les cheveux argentés. Mon père avait les yeux verts, tandis que Jacob avait les yeux bleus. Tous deux étaient grands et minces et semblaient tout droit sortis des pages de l'histoire. Aujourd'hui, ils portaient tous deux des manteaux en laine sombre et des pantalons habillés.

— Montre-nous le seau, dit mon père, sautant les salutations.

Ils me suivirent à travers le rideau de perles jusqu'à l'arrière. — Je suppose que vous avez déjà entendu parler d'autres seaux qui sont apparus. Qu'est-ce qui se passe, bon sang ? demandai-je de façon rhétorique.

Jacob croisa mon regard et haussa les épaules. Mon père s'arrêta devant le seau, déclarant immédiatement : — Oh, c'est de la magie.

CHAPITRE CINQ

Après l'annonce de mon père, Jacob s'est placé à ses côtés, fermant les yeux et tendant les mains. Après un moment, il les a laissées retomber, regardant tour à tour mon père et moi. — Un sort a été jeté, mais il a été dissimulé. C'était un sort de téléportation d'objet, ce qu'on aurait pu deviner. Je ne pense pas qu'on ait besoin de vérifier chaque seau puisqu'il semble que beaucoup sont apparus. Je vais en examiner quelques-uns, mais je suppose que celui qui a fait ça a aussi lancé un sort pour masquer ses traces.

— Connaissons-nous des familles qui ont un pouvoir de dissimulation dans leur lignée ? ai-je demandé.

— C'est une question pour la mère de Liam, a dit mon père avec un hochement de tête. Nous pouvons consulter nos bibliothèques, mais les grimoires ne précisent pas toujours quelles familles portaient la magie. Alice devrait pouvoir remonter la piste grâce à ses travaux généalogiques.

Eh bien, je savais où j'allais dîner ce soir.

Jacob avait déjà commencé à se tourner pour sortir. — Attends, il y a un mot dans le seau, ai-je crié.

J'ai vite couru pour le prendre, maintenant que nous savions que c'était sans danger. En dépliant le papier, j'ai découvert une seule lettre écrite à l'encre noire : M.

J'ai ri parce que ça ne nous apprenait pas grand-chose. Je l'ai tendu à mon père, qui a simplement pouffé avant de le passer à Jacob, qui a levé les yeux au ciel.

— Y a-t-il de la magie dans ce mot ? ai-je demandé.

Mon père a secoué la tête. — J'ai déjà vérifié. La magie ne concernait que le transport du seau, ce qui signifie probablement que le mot a été placé dans le seau avant même qu'il n'apparaisse ici. Je dois retourner au bureau. À moins que tu ne veuilles que je t'accompagne, a-t-il ajouté en regardant Jacob.

Jacob a secoué la tête. — Pas besoin. Je vais juste faire un échantillonnage pour voir si c'est le même sort sur les autres seaux. Il s'est tourné vers moi. — Je t'appellerai si les mots sont différents. S'ils le sont, quelqu'un devrait tous les recueillir. Ce pourrait être notre énigme.

Après cela, ils sont partis. Je me suis installée derrière la caisse et me suis mise à examiner nos nouveaux articles. Nous avions reçu une grande livraison de bijoux d'un joaillier que nous fréquentions à Portland. Ils fabriquaient tous les bracelets à breloques et bagues à breloques que nous vendions. À cette période de l'année, la boutique n'était pas très fréquentée, mais d'ici un mois ou deux, elle serait bondée. C'était notre première commande pour le printemps. Les autres articles pouvaient attendre car ceux-ci prenaient le plus de temps à inventorier. Chaque bracelet et bague à breloques était également imprégné d'un léger sort d'amélioration de l'humeur. Cela nécessitait que je passe du temps à jeter des sorts rapides pour chaque article.

La plupart de cet inventaire serait stocké à l'arrière jusqu'à ce que notre saison chargée arrive. Après environ une heure, j'ai décidé de faire une pause. En vérifiant mon téléphone, j'ai vu un message de Jacob. Il me demandait d'envoyer mes cousines jumelles pour récupérer tous les mots cet après-midi quand elles arrimeraient pour travailler à la boutique. Les jumelles étaient Celia et Delia Good, ses filles et mes cousines éloignées par alliance. Elles étaient les plus jeunes enfants de ma génération et avaient tendance à être chouchoutées par nous tous.

Elles étaient aussi mes seules employées chez Persnickety Potions & Gifts. Pendant l'hiver, elles venaient trois après-midis par semaine. Au lieu d'avoir leur aide pour terminer l'inventaire, je les enverrais recueillir les mots. J'étais très curieuse de voir ce que disaient les différents mots.

J'ai répondu à Jacob par SMS, lui faisant savoir que dès l'arrivée des jumelles, je les enverrais en mission. J'ai demandé que quelqu'un m'envoie une liste des endroits où elles devraient se rendre.

Le monde était bien loin de l'époque des chaînes téléphoniques, les discussions de groupe étant l'alternative moderne. En quelques minutes, j'ai reçu un message de ma tante Lea, incluant Jacob et les jumelles, avec une liste des endroits où elles devaient aller cet après-midi. Jusqu'à présent, il semblait que les seaux n'avaient été transportés que dans des commerces, bien qu'il y ait un mélange de seaux provenant d'entreprises d'acériculture et de seaux à sève personnels des familles. Cela devenait un mystère de plus en plus intéressant.

Ce soir-là, juste avant l'heure de fermeture, Celia et Delia ont fait irruption par la porte de Persnickety Potions & Gifts alors que je comptabilisais les totaux de la journée. En levant les yeux, j'ai été accueillie par deux larges sourires. Avec leurs cheveux noirs brillants, leurs yeux bleu vif et leurs joues roses, elles étaient tout simplement adorables. Elles venaient d'avoir quatorze ans, et j'imaginais qu'elles étaient folles de joie d'être incluses dans l'enquête sur Le Grand Coup du Sirop d'Érable.

Leur faire recueillir tous les mots était une chose bénigne et, espérons-le, sûre à faire, mais cela les enthousiasmait clairement. Elles ont rejeté leurs capuches en arrière et se sont précipitées vers le comptoir. Celia portait du lavande et Delia du rose, un thème qu'elles maintenaient constant pour tout, car c'étaient les couleurs de leur magie.

Celia a parlé en premier. — Nous les avons tous, a-t-elle dit en tapotant son sac à main.

— Nous pensons que c'est une énigme, a ajouté Delia.

Je n'ai pas pu m'empêcher de sourire. — Peut-être que vous pourrez nous aider à la résoudre. Merci d'avoir fait tout ça. Je sais qu'il fait frisquet dehors cet après-midi.

— Ce n'est pas grave. On s'est amusées. Qui vient nous chercher ? a demandé Delia.

— Vous venez avec moi et Liam. On se retrouve chez ses parents pour dîner, et vos parents nous rejoignent là-bas.

Comme sur un signal, Liam est entré par la porte d'entrée dans la boutique. Il a fait signe, criant : — Je ferme la porte à clé et retourne l'écriteau ?

— S'il te plaît, ai-je répondu. Laisse-moi juste prendre mon manteau et mon sac, et je serai prête.

Me précipitant à l'arrière, je me suis assurée que la porte était verrouillée et j'ai lancé un sort de protection et un sort de blocage. Si quelqu'un essayait de transporter autre chose dans la boutique, cela protégerait l'entrée. C'était une particularité étrange des sorts de transport. Il devait y avoir un chemin. Si le chemin était bloqué, rien ne pouvait être transporté. J'ai enfilé ma doudoune et pris mon sac avant de me dépêcher de retourner à l'avant.

Les jumelles étaient debout avec Liam, lui montrant avec excitation les mots qu'elles avaient recueillis de tous les seaux à sève. Il a levé les yeux, croisant mon regard et me faisant un clin d'œil.

Oh là là. Rien de plus qu'un clin d'œil de Liam, et il envoyait un petit tourbillon de papillons dans mon ventre et une chaleur qui irradiait à travers moi. Je m'étais réhabituée à être de nouveau avec lui, mais c'était toujours surprenant de redécouvrir à quel point il m'affectait facilement.

Liam Good, l'homme que j'étais destinée à épouser. Considérer mon destin était parfois accablant.

Nous savions depuis notre jeunesse que nous étions le couple prédestiné parmi nos familles massives et dispersées. Un peu d'angoisse adolescente et de jalousie au début de l'université nous avaient fait nous séparer. Un mariage incroyablement éphémère pour Liam, et moi essayant de fuir ma magie nous avaient tenus séparés pendant quelques années. Pourtant, nous avions retrouvé notre chemin l'un vers l'autre.

Même si cela faisait des mois maintenant, mon pouls s'emballait encore follement quand je voyais ce regard ardent dans ses yeux. Avec ses cheveux noirs et ses yeux bleu glacier, il était ridiculement beau. Ce n'était pas tout à fait juste.

Contournant le comptoir, je me suis arrêtée à côté de Liam, et il s'est penché, déposant un rapide baiser sur mes lèvres et m'envoyant immédiatement une petite décharge d'électricité. Avec les jumelles présentes, j'ai immédiatement reculé. — Alors qu'est-ce qu'on a d'autre ? ai-je demandé.

— Un tas de lettres ! s'est exclamée Delia.

— On dirait qu'ils veulent nous taquiner et nous envoyer à la chasse pour découvrir ce que tout cela est censé épeler, a dit Liam.

— C'est comme un mot croisé en phrases, a ajouté Celia.

— On dirait bien, ai-je répondu. Sommes-nous prêts à partir ?

Nous avons quitté la boutique tous les quatre. Une fois les jumelles attachées à l'arrière, Liam a pris la direction de la maison de ses parents. Charm Cove n'était pas grande, loin de là. Pendant les mois d'hiver, la population de la ville était inférieure à cinq mille habitants. Elle quadruplait et plus encore chaque été avec les touristes. La plupart des maisons locales se trouvaient dans un rayon d'environ seize kilomètres carrés.

Les parents de Liam vivaient à quelques kilomètres de la propriété de ma famille. Ils avaient également une bande de terrain sur la falaise surplombant l'océan Atlantique. Comme de nombreuses maisons, y compris celles de nombreuses familles d'origine, leur demeure était une grande maison de style colonial classique.

Grande et majestueuse, elle se dressait en haut de la falaise. En descendant l'allée sinueuse, on ne pouvait même pas voir la maison depuis la route à travers les arbres. En cette soirée de début d'hiver, le ciel était de diverses nuances de gris se fondant dans l'océan au loin alors que nous contournions l'allée devant.

Leur maison avait un toit en acier rouge vif mis à jour et un revêtement de couleur crème doux, paraissant joyeuse au milieu de la neige et du ciel gris. La voiture de Lea et Jacob était déjà là, ainsi que celles de mes parents et de ma cousine Emma.

Il avait commencé à neiger légèrement pendant le trajet, et le vent soufflait de l'océan, alors nous nous sommes dépêchés de la voiture à la maison, sans même prendre la peine de frapper. La porte a résonné dans le hall d'entrée derrière nous alors que nous entrions. Ils avaient un hall d'entrée à deux étages avec un escalier incurvé qui menait à l'étage, et un couloir qui menait directement à l'arrière de la maison. D'un côté de la maison se trouvaient la salle à manger, un salon et un parloir, avec une immense vieille cuisine et une salle de récréation de l'autre côté.

Liam a appelé alors que nous descendions le couloir : — On est là !

Nous avons suivi les voix jusqu'à la cuisine. La disposition était similaire à celle de tant de maisons dans la région. La plupart des maisons d'origine avaient été construites à quelques années d'intervalle et toutes avaient une disposition similaire.

Bien qu'il y ait des appareils modernes dans la cuisine, la disposition était restée la même. Il y avait un grand îlot au centre de la cuisine, qui servait autrefois de table de travail pour la cuisine. Une cuisinière était au milieu avec un petit évier sur le côté et des tabourets l'entourant de l'autre côté. Le long du mur arrière se trouvait un autre comptoir, un évier beaucoup plus grand, un four mural encastré, et un vieux four à bois. À l'arrière de la cuisine, une grande table ronde pour les repas décontractés était située devant les fenêtres donnant sur l'océan.

— Bonjour, les filles, a appelé Lea en se levant de la table.

Liam s'est arrêté pour déposer un baiser sur la joue de sa mère. La ressemblance entre eux était presque saisissante. Ses deux parents avaient les cheveux foncés, bien qu'il ait la structure osseuse de sa mère et ses magnifiques yeux bleus. Alice Good était belle. Par chance, elle ne semblait pas m'en avoir voulu d'avoir rompu avec son fils dans un accès de colère pendant nos années universitaires.

Lea s'est avancée vers nous pour attirer les jumelles dans une rapide étreinte. — Où sont les mots, les filles ? a-t-elle demandé en reculant.

Celia les a sortis de son sac à main et les lui a tendus.

Le père de Liam, William, a appelé depuis un buffet près de la table : — Venez. Le dîner est presque prêt.

Avec l'aide de ma mère, Alice a apporté une casserole de poulet, un ragoût crémeux, du pain frais et une salade. Ce n'est qu'après que nous nous soyons assis, ayons dit les grâces et commencé à manger que tout le monde a commencé à faire circuler les mots et à spéculer sur ce que les lettres étaient censées épeler.

Après que ma mère les ait parcourus rapidement, elle a regardé dans ma direction, secouant la tête. — Tout cela ressemble à une taquinerie, si vous voulez mon avis.

Liam a fini une gorgée de son vin et a hoché la tête. — Exactement ce que j'ai dit.

— Bien sûr, ils vont nous envoyer dans une chasse aux canards sauvages, et nous devons y aller. Parce que c'est le seul moyen de découvrir quoi que ce soit d'autre, a dit Lea avec un soupir.

— Je pense que nous devrions demander aux Bishop de les publier dans The Ink Spot, a suggéré Alice.

— Oh, c'est brillant ! s'est exclamée ma mère.

— Avant que j'oublie, Alice, peux-tu te renseigner sur les familles qui ont le pouvoir d'obscurcir les sorts ? ai-je demandé.

— Oh oui, j'ai pu sentir le sort jeté pour transporter les seaux, mais celui qui l'a lancé a également utilisé un sort pour dissimuler ses traces. Nous devons savoir qui pourrait avoir ce pouvoir. Ce n'est pas courant, a expliqué Jacob.

— Je commencerai à consulter mes archives demain, a répondu Alice.

CHAPITRE SIX

Le lendemain matin, je descendis l'allée Charming pour me rendre à L'Encrier avant d'aller chercher mon café. On m'avait chargée de passer voir si je pouvais persuader Albert Bishop d'accepter de publier les lettres des notes dans le journal. Albert était le membre actuel de la famille Bishop qui gérait l'entreprise.

L'Encrier ouvrait tôt le matin en raison du fait qu'ils devaient envoyer un bulletin d'information quotidien. De nos jours, il était publié sur leur site web et envoyé par e-mail à tous ceux qui s'étaient inscrits pour le recevoir. Ils ne proposaient des versions imprimées que les week-ends.

Comme Potions Raffinées & Cadeaux, Beauté Ensorcelée et d'autres commerces locaux appartenant à des familles de sorciers, L'Encrier existait depuis des siècles. C'était le premier journal de Charm Cove et il restait le seul, bien qu'il y ait quelques journaux régionaux qui couvraient la région.

À l'époque de sa fondation, la famille Bishop avait été un peu radicale, imprimant des feuilles sur l'hystérie des Procès des Sorcières de Salem et autres sujets similaires. Il y avait eu des tensions entre la famille Bishop et certaines des autres familles fondatrices en conséquence. Étant donné que les familles avaient fui vers cette région pour se mettre à l'abri de la persécution des sorcières, il y avait eu une véritable crainte qu'ils n'attirent l'attention sur la région.

De nos jours, ils étaient davantage un journal local standard. Pendant l'été, ils avaient des rubriques amusantes sur les événements locaux et une section intitulée « Accrochages de Touristes ». Elle ciblait les accrochages presque quotidiens en ville avec les véhicules des touristes qui encombraient les rues. Les touristes adoraient ça, et cela rapportait un peu d'argent à L'Encrier grâce à la publicité.

L'Encrier était situé à son emplacement d'origine, mais avait été agrandi depuis sa fondation. C'était un bâtiment carré en granit situé à l'intersection de l'allée Charming et de la rue Good. En poussant les massives portes en chêne à l'avant, je jetai un coup d'œil autour de moi en entrant. L'équipement d'impression original se trouvait derrière une porte sur le côté, dans ce qui servait maintenant de musée. Ils le gardaient ouvert toute l'année, et il restait occupé pendant l'été. On pouvait voir l'espace à travers une cloison en verre.

Des parquets luisants couvraient tout le bâtiment avec un plafond décoratif en étain estampé au-dessus. L'équipement d'impression original avait été conservé en parfait état, poli et joli pour le musée. Ils avaient toutes les imprimantes, ainsi que des plaques et des brochures expliquant les anciens processus d'impression.

La salle principale avait un comptoir qui courait le long du fond. En plus de l'impression de leur journal local, ils offraient des services pour une grande variété de besoins d'impression : cartes de visite, enseignes et autres. La famille s'était bien adaptée au fil des ans aux changements dans les affaires et proposait maintenant aussi la conception de sites web.

À cette heure matinale, il n'y avait personne derrière le comptoir, alors je m'y rendis tranquillement et sonnai la clochette. Pendant que j'attendais, je regardai à travers la vitrine. Elle contenait un certain nombre d'anciennes impressions datant de l'époque où la ville avait été fondée à la fin des années 1600. La famille Bishop avait fui la région de Salem peu de temps après les Wicked et les Good, tous se réfugiant le long de la côte balayée par les vents du Maine.

Après quelques minutes, je fus surprise de voir Sally Bishop franchir les portes battantes qui menaient à l'arrière. Sally et Rae étaient des jumelles identiques qui géraient autrefois L'Encrier. Les jumelles étaient également sous surveillance GPS après leur implication dans un sort qui avait accidentellement conduit à la mort d'Alvin Pearson l'été dernier.

Cela s'était produit à la suite d'un triangle amoureux compliqué entre Alvin, les deux jumelles et quelqu'un d'autre. Sans même compter sa femme. Après avoir surmonté leur colère l'une envers l'autre, elles avaient décidé de le faire tomber un soir. Et tomber, il l'avait fait, directement dans la fontaine de la ville. Il s'était noyé, très probablement parce qu'il était aussi ivre. Ces choses arrivaient. Ou du moins, je supposais qu'elles arrivaient à Charm Cove.

Sally me sourit, ses yeux bleus méfiants. Cela voulait dire quelque chose qu'elles m'aient majoritairement pardonnée de les avoir aidé à se faire prendre lorsque tout a été dit et fait. Il y avait cependant un peu de tension persistante, juste un soupçon.

— Salut, Sally, dis-je. Je ne m'attendais pas à te voir ce matin.

— On pourrait en dire autant de toi. Rae et moi avons repris le service du matin. Albert s'occupe davantage de la partie en ligne. Alors, qu'est-ce qui t'amène ici ? demanda-t-elle en écartant ses cheveux auburn grisonnants de ses yeux. Elle et Rae géraient autrefois L'Encrier, mais s'étaient retirées il y a quelques années lorsqu'Albert s'était affirmé, insistant sur le fait qu'elles devenaient trop âgées pour gérer les choses.

— Eh bien, je suis sûre que tu as entendu parler de tous les vols de sève d'érable, n'est-ce pas ?

— Bien sûr. Albert m'a fait savoir hier que l'un de ces seaux avait été transporté ici. Je n'étais pas là dans l'après-midi, mais j'ai entendu dire que les jumeaux étaient passés pour récupérer toutes les notes. Tu sais quelque chose d'autre ? demanda-t-elle.

— J'ai toutes les notes ici. Chacune n'a qu'une seule lettre. C'est tout. Elles forment diverses phrases. On en parlait hier soir, et on pense que ce serait judicieux de les imprimer dans L'Encrier. On pourrait avoir des idées. Qu'en penses-tu ? Peut-être comme une sorte de mots croisés ou quelque chose comme ça.

Sally rayonna. — Oh mon Dieu ! C'est parfait. De cette façon, ça attirera l'attention de tout le monde et on aura un tas d'idées diffé-rentes sur ce que ça pourrait dire.

— On a pensé à utiliser un générateur de phrases, mais il y a beau-coup d'options. On espère que l'attention du public aidera à déter-miner ce que ça est censé dire. Tu penses qu'Albert sera d'accord ? demandai-je.

Sally acquiesça, pinçant les lèvres. — Il le sera. Ils ne sont pas trop contents parce que, tu sais, la famille de la femme d'Albert a une petite entreprise de transformation de sirop d'érable comme activité secon-daire, et ils ont perdu beaucoup. Tout le monde veut juste recom-mencer et entailler tous les arbres, mais on a entendu dire que quelques autres endroits ont vu leurs lignes coupées à nouveau.

— Je sais. Tu sais, mon frère Gabriel relance l'exploitation de notre oncle, et il est tout aussi préoccupé. De quoi as-tu besoin pour imprimer tout ça ? demandai-je, jetant un coup d'œil à l'horloge murale au-dessus d'elle, derrière le comptoir.

— Notons simplement les lettres.

— Ça fonctionnerait. Daniel a déjà appelé pour dire qu'il aimerait qu'on dépose les notes originales. Elles sont techniquement des preuves, tout comme tous les seaux qui sont apparus, expliquai-je.

— Oh oui, dit Sally, hochant vigoureusement la tête. Il a dit qu'il passerait aujourd'hui pour récupérer le seau qui est apparu ici. Tu sais combien il y en avait ?

— On sait qu'il y en avait au moins cinquante-cinq.

Sally fit un bruit désapprobateur et secoua la tête. — Quelle étrange affaire.

— C'est le moins qu'on puisse dire. Je vais devoir aller au magasin bientôt, alors notons ces lettres.

Après que Sally ait parcouru les notes avec moi et copié les lettres, je partis et me dirigeai vers la boutique.

CHAPITRE SEPT

Ma journée a commencé à la boutique, là où je m'étais arrêtée la veille avec l'inventaire. Comme les jumelles avaient passé l'après-midi d'hier à parcourir la ville pour récupérer des notes avec des lettres, nous n'avions évidemment pas traité toutes les livraisons. Pendant l'hiver, j'appréciais les matinées tranquilles à la boutique car je pouvais me concentrer avec peu d'interruptions. Je pouvais terminer de jeter les sorts restants sur tous les bracelets à breloques et les bagues avant le milieu de la matinée. Je les ai mis de côté avec le reste du nouvel inventaire pour que les jumelles puissent les étiqueter cet après-midi et les ajouter à l'inventaire informatique.

J'avais juste le temps en quittant The Ink Spot ce matin, je n'avais donc pas eu le temps de passer chez Magic Beans pour prendre un café. Comme la boutique était vide pour le moment, j'ai enfilé mon manteau, attrapé mon sac à main et collé l'écriteau « De retour dans 10 minutes » sur la porte avant de me précipiter de l'autre côté de la place pour chercher un café.

La chaleur et l'arôme du café, du pain frais et des pâtisseries m'ont enveloppée lorsque je suis entrée dans Magic Beans. Les matins d'hiver étaient toujours animés avec les habitants du coin. J'ai fait la queue, saluant Sarah derrière le comptoir quand je suis arrivée à l'avant.

— Oh salut, a-t-elle dit, s'arrêtant pour regarder autour d'elle avant de baisser la voix. Je suis si contente que tu sois passée. J'ai complètement oublié de te dire qu'un des gamins qu'ils ont attrapés à Munns Maple a été vu chez notre voisin près de là où ils avaient quelques arbres entaillés. Rien n'a disparu. Soit il est bête comme ses pieds, ce qui est toujours une possibilité avec un ado, soit il prépare quelque chose.

— Hmm, ai-je proposé. Je suis plutôt encline à penser qu'il fait juste l'idiot, ou qu'il essaie de semer la pagaille.

Parmi les sujets abordés au dîner hier soir, j'avais demandé aux jumelles si elles connaissaient certains des jeunes qui s'étaient fait prendre en train de faire la fête à Munns Maple. Bien que les adolescents impliqués aient quelques années de plus que Celia et Delia, la population locale de Charm Cove était petite et les rumeurs avaient tendance à se répandre comme une traînée de poudre.

Les jumelles avaient dit que ce groupe en particulier était connu pour ses blagues pratiques et ses pitreries. Étant donné toute l'attention portée au Grand Coup du Sirop d'Érable, elles soupçonnaient les enfants d'essayer simplement de semer la zizanie.

— Au fait, je vais prendre le café maison aujourd'hui avec un shot supplémentaire. J'ai besoin de caféine, ai-je ajouté.

— Pourquoi penses-tu qu'il essaie juste de semer la zizanie ? a demandé Sarah pendant qu'elle préparait mon café.

— Eh bien, je suis sûre que tu as entendu parler de tous ces seaux de sève qui sont réapparus hier.

— Oui, en quoi ça prouve que ces gamins n'ont rien à voir ? Je veux dire, s'ils veulent faire une blague, c'est une façon de la faire durer.

— Tous les seaux que nous avons trouvés hier avaient des sorts jetés dessus. Peut-être que certains de ces enfants ont des pouvoirs magiques, mais transporter quoi que ce soit comme ça demande beaucoup plus de pratique et de compétence qu'un adolescent n'en a.

— J'ai entendu dire qu'ils contenaient tous des notes, a ajouté Sarah en me tendant mon café et en encaissant ma commande.

— C'est vrai. C'était juste un tas de lettres. Nous pensons que c'est une énigme, ai-je répondu en lui tendant mon argent.

— Alors, comment allons-nous le découvrir ?

— J'en ai parlé à Daniel, et nous allons demander à The Ink Spot d'imprimer les lettres pour voir si les gens peuvent aider à résoudre l'énigme. Quoi qu'il en soit, je dois filer. J'ai laissé la boutique vide.

Sarah m'a fait signe de partir, et je me suis dépêchée de retraverser la place. J'avais oublié mes gants et j'étais soulagée d'avoir la tasse de café chaude à tenir. Quand j'ai atteint Persnickety Potions & Gifts, j'ai trouvé Lea qui m'attendait près de la porte. Elle portait un manteau de laine rouge vif avec un chapeau assorti.

— Bonjour, tante Lea, ai-je lancé en traversant la rue.

— Bonjour, ma chérie, a-t-elle répondu quand je suis arrivée à sa hauteur, se penchant pour m'embrasser sur la joue.

— Tu aurais pu entrer toute seule, ai-je commenté en sortant mes clés de mon sac à main pour déverrouiller la porte.

— Oh, je sais, mais je ne voulais pas te faire peur.

Elle m'a suivie à l'intérieur, enlevant ses gants et son chapeau pendant que je retirais mon panneau « De retour » et me précipitais derrière le comptoir pour ranger mon manteau et mon sac. Elle m'a suivie à l'arrière, accrochant son manteau à l'un des crochets près de la porte et posant une main sur sa hanche. — J'ai besoin de préparer quelques potions. J'espère que ça ne te dérange pas que je vienne les faire ici. L'espace de travail ici est agréable et calme. On fait des travaux dans notre cuisine, et ça me rend folle, a-t-elle expliqué.

— Tu es toujours la bienvenue pour travailler ici. Qu'est-ce que tu dois préparer ?

— Certains de mes remèdes à base de plantes sont presque épuisés. Elle a fait une pause et baissé la voix, même s'il n'y avait absolument personne ici pour nous entendre. — Je vais préparer un philtre d'amour pour Emma.

Emma, ma cousine et sa fille, n'apprécierait certainement *pas* que sa mère lance un sort d'amour en son nom.

La clochette à l'avant a tinté, indiquant que quelqu'un venait d'entrer. En me dirigeant vers l'avant, j'ai fait une pause avant de passer à travers le rideau de perles. — Tante Lea, tu sais qu'Emma sera furieuse si elle découvre ce que tu fais. Je n'arrive pas à croire que tu envisages cela. Laisse-la régler ses affaires toute seule, ai-je dit, prenant mon ton le plus ferme.

Je me suis précipitée vers l'avant, apercevant son roulement d'yeux alors que je me détournais. Ma cousine Emma n'avait pas la pression que j'avais. Liam et moi étions destinés au mariage Wicked-Good pour ce siècle, mais cela ne signifiait pas que la mère d'Emma ne voulait pas s'en mêler.

Bien que le monde moderne ait dépassé l'âge des mariages arrangés dans la plupart des endroits, les familles de sorcières et de sorciers avaient tendance à vouloir s'assurer que les membres de leur famille se mariaient de manière appropriée. *Appropriée* signifiant tenir compte des lignées et de la position des familles dans la structure du pouvoir. Tout cela était parfois un peu ridicule.

Avec une secousse mentale, j'ai concentré mon attention sur le groupe de clients qui était entré dans le magasin. C'était un groupe de touristes venant du lodge de ski voisin. Ils flânaient en regardant les bijoux et les cadeaux, y compris les baguettes décoratives que nous vendions. J'ai poliment répondu aux questions et leur ai vendu un ensemble de cadeaux avant qu'ils ne partent.

Après les avoir envoyés avec quelques suggestions de restaurants et d'autres endroits pour faire du shopping en ville, je suis retournée à l'arrière pour vérifier comment allait tante Lea. Elle était occupée à la table de travail. Comme nous fabriquions nos propres potions et remèdes, nous avions toutes les fournitures pour les potions de base. Nous ne gardions rien de trop complexe ici. Nos potions les plus populaires étaient : *L'Amour fait tourner le monde, L'Amour trouvera un chemin, Améliorez votre mariage, Arrêtez les douleurs articulaires, et Vous êtes en colère contre quelqu'un ? Brisez cette bouteille.*

Bien que les noms semblaient stupides, ces potions partaient comme des petits pains. J'ai posé ma hanche sur la table et observé Lea. — S'il te plaît, dis-moi que tu as changé d'avis concernant l'idée de jeter un sort d'amour pour Emma.

Tante Lea a levé les yeux et souri. — D'accord. Je vais attendre. Mais je l'aime bien. Je veux juste qu'ils avancent un peu.

Elle faisait référence à Jackson Howe, avec qui Emma avait commencé à sortir quelques mois auparavant. C'était un sorcier d'une famille parfaitement respectable. Il semblait être un bon match pour Emma. Non pas que je voie les choses en termes d'assortiment comme nos parents le faisaient, mais il était gentil, drôle et aimait clairement Emma. Il connaissait aussi bien les coutumes de Charm Cove, donc il savait comment surfer sur les vagues de commérages et de pouvoir qui flottaient autour de la ville.

Lea a fini de verser quelque chose dans une bouteille de remède et m'a de nouveau jeté un coup d'œil. — En parlant de romance, est-ce que Liam et toi avez discuté de la date du mariage ?

J'ai retenu un soupir. S'il y avait une chose qui n'empêchait pas ma famille de fouiner dans ma vie amoureuse, c'était bien d'exprimer ma frustration. — Nous venons juste de nous fiancer.

— Je sais. La progression naturelle est que tu planifies ensuite un mariage. C'est une conclusion inévitable, alors pourquoi traîner des pieds ? a-t-elle demandé avec un sourire.

Je me suis souvenue qu'il y a quelques mois à peine, tante Lea avait partagé ses propres frustrations quand elle était plus jeune avant d'épouser Jacob. Tu vois, elle était une Wicked, la sœur de mon père, et destinée à épouser Jacob Good. La branche de la famille Good de Jacob n'était même pas de la région. Le sort avait été clair, et sa famille avait déménagé à Charm Cove quand il était un petit garçon pour s'assurer que le destin s'accomplisse. Clairement, son empathie pour mes sentiments concernant le fait d'être coincée dans des situations imposées n'avait pas duré longtemps.

Quand je l'ai regardée, elle a souri, haussant l'épaule en un haussement d'épaules. Ses yeux bleus brillaient alors qu'elle tendait la main vers une autre petite bouteille pour y verser la potion qu'elle préparait. Le truc, c'est que j'aimais Liam, et je *voulais* l'épouser. Je voulais juste le faire selon nos conditions, au lieu de celles de nos familles envahissantes. Nous avions en fait un peu parlé de la planification de notre mariage, mais nous n'avions rien décidé. Je n'allais pas lui dire ça.

J'ai plissé les yeux, posant une main sur ma hanche. — Nous allons trouver une solution. Ce sera *notre* mariage, le mot-clé étant *notre* mariage. Pas le tien, et pas celui de nos familles réunies.

Je n'osais pas laisser échapper qu'une idée que Liam et moi avions évoquée était de nous enfuir et de revenir ensuite pour organiser une fête. J'avais refusé cette option, ne serait-ce que parce que je savais que cela briserait le cœur de ma mère.

Lea a fait tsk-tsk et a détourné son attention de moi pour mesurer soigneusement une potion. — Je te taquine juste, ma chérie. Je pense que tu vas l'entendre de la part de plus d'une personne. De tout le monde, Jacob et moi serons les plus patients. Comme je te l'ai dit, si tu trouves que c'est difficile maintenant, sois heureuse que trente-cinq ans se soient écoulés. Les temps modernes aident. Bref, es-tu passée à The Ink Spot ce matin ?

— Bien sûr. Sally était là et a dit qu'elle parlerait à Albert pour que ce soit imprimé d'ici demain.

— Oh parfait. Les jumelles sont tellement excitées. Celia était en ligne ce matin et entrait les lettres dans un créateur de phrases. Il y a des centaines d'options. Ce sera utile d'avoir des gens de la communauté qui cherchent parce que quelqu'un pourrait savoir ce qui a plus de sens.

Au son de la clochette qui tintait de nouveau à l'avant, je me suis dépêchée de partir. — Retour au travail, ai-je lancé par-dessus mon épaule.

———

Plus tard cet après-midi, après le départ de Lea, les jumelles étaient à la boutique en train d'étiqueter tout notre nouvel inventaire et de l'organiser sur les étagères à l'arrière. Je tenais la caisse quand mon frère Gabriel est passé.

— Quoi de neuf ? ai-je demandé quand il est entré.

Gabriel a affiché un sourire. — Je passe juste dire bonjour. J'étais à la banque, et tu es juste à deux portes de là. Il a appuyé sa hanche contre la vitrine en regardant autour de la boutique.

— S'il te plaît, dis-moi qu'il n'y a pas eu d'autre vandalisme à Mystic Maple.

Il a secoué la tête. — Non, rien depuis hier. J'ai un colis à récupérer à la poste, donc je m'y dirige ensuite. Je suppose que c'est le système de sécurité que j'ai commandé, caméras et tout.

— Pourquoi n'as-tu pas simplement utilisé Windy Bay Security ? ai-je demandé, faisant référence à une société de sécurité dans la ville voisine qui servait les entreprises et les maisons de Charm Cove.

— Oh, j'ai oublié de te le dire. J'envisageais de le faire, mais ensuite, j'ai parlé à Stan Ouellette. Ils ont un système de chez eux, et il n'a servi à rien. Tous les enregistrements de sécurité étaient vides pendant cette période. Ça me fait me demander si la société de sécurité a quelque chose à voir avec toute cette histoire. Mais, à ma connaissance, ils n'ont pas d'intérêt dans aucune des principales entreprises d'acériculture.

— Tu en as parlé à Daniel ?

Gabriel a hoché la tête. — Oui, je suis passé le voir ce matin. J'aurais dû t'appeler hier soir, mais j'étais occupé. J'ai passé une commande en ligne hier soir pour une livraison le lendemain d'un système.

J'ai tambouriné du bout des doigts sur le comptoir en réfléchissant à la société de sécurité, essayant de penser à ce que je savais de la famille qui la possédait. Je ne savais rien de remarquable à leur sujet. Il n'y avait pas de sorcières ou de sorciers dans la famille On ne penserait pas que la sécurité rapporterait beaucoup d'argent par ici, mais ils couvraient beaucoup de villes voisines et les entreprises qui avaient besoin de sécurité pendant l'été avec l'afflux de touristes.

— Eh bien, c'est intéressant. Je ne sais pas quoi penser des enregistrements de sécurité vides. Qu'en pense Daniel ? ai-je demandé.

Gabriel a ri. — Il a dit la même chose, que c'était intéressant. Je suis sûr qu'il va enquêter. En attendant, j'ai commandé un de ces systèmes à distance que je peux surveiller moi-même. Comme ça, je n'ai pas à compter sur quelqu'un d'autre et son équipement. Quoi qu'il en soit, veux-tu nous retrouver à Enchanted Spirits plus tard ? J'ai croisé Nathan, et on s'y retrouve.

— Bien sûr, Liam et moi passerons. Nous devons ramener les jumelles chez elles après la fermeture ce soir, mais ça ne prendra pas longtemps.

Gabriel s'est redressé, se dégageant de la vitrine. — Je vais passer à la poste et je te retrouve ce soir alors.

CHAPITRE HUIT

Peu après, c'était l'heure de fermeture. J'avais dit à Liam que je voulais passer par la boutique de bonbons à l'érable avec les jumelles après le travail, il avait donc prévu de nous y récupérer. Les jumelles étaient enthousiastes. D'abord, elles adoraient les bonbons à l'érable, mais plus que tout, elles adoraient se sentir impliquées dans tout ce qui touchait à la résolution d'énigmes. Après leur travail de détectives quand elles avaient aidé à attraper l'homme qui avait commis plusieurs cambriolages en ville, nous avions collectivement décidé qu'il valait mieux les inclure dans tout ce que nous pouvions plutôt que de les laisser agir en solo.

De cette façon, nous pouvions les surveiller. Je pensais que visiter la boutique de bonbons à l'érable était suffisamment sûr, et nous devions discuter avec la femme qui la dirigeait.

Celia sortit en bondissant de l'arrière-boutique, sa queue de cheval se balançant et ses yeux bleus pétillants.

— On est prêtes à partir ? demanda-t-elle.

— Presque, laisse-moi d'abord jeter les sorts à l'arrière.

Je me précipitai à l'arrière pour trouver Delia qui enfilait son manteau. Les deux se ressemblaient tellement que n'importe qui n'étant pas de la famille les confondait facilement.

J'étais sur le point de lancer le sort de protection moi-même quand je me suis souvenue que j'avais promis de laisser les jumelles s'entraîner.

— Très bien, tu es prête ? demandai-je, en la regardant s'approcher.

Les yeux bleus de Delia s'illuminèrent et elle hocha la tête. Fermant les yeux, elle prit une profonde inspiration puis fit un cercle du poignet. Un scintillement lavande apparut dans l'air avant qu'elle n'ouvre les yeux.

— Vérifie, dit-elle.

Je vérifiai rapidement et sentis que le sort était en place.

— Tu l'as ! Maintenant, je vais m'occuper du sort de blocage.

D'un coup de poignet, j'ajoutai un autre sort pour empêcher quoi que ce soit d'être transporté à l'intérieur. Non pas que nous ayons beaucoup à craindre, mais je préférais ne prendre aucun risque. Les sorts de blocage demandaient un peu plus de travail que les sorts de protection.

Les jumelles possédaient de la magie. En fait, elles étaient assez puissantes, ayant déjà développé la capacité d'immobiliser les gens. Mais elles n'avaient pas la gamme de sorts des sorcières adultes. J'imaginais qu'elles y arriveraient bien assez tôt.

Puis, nous partîmes. Nous fermâmes et répétâmes les sorts à l'extérieur. Je m'en chargeai moi-même car nous devions nous dépêcher sans attirer l'attention. C'était une soirée d'hiver grise et nuageuse. Le soleil couchant teignait les nuages de rose et de lavande tandis que nous descendions la rue en direction de Maple Mayhem.

Maple Mayhem n'était pas géré par une famille de sorcières, bien que la famille Sweet soit à Charm Cove depuis plusieurs générations. Les Sweet étaient amicaux envers les sorcières et connaissaient l'existence des pouvoirs, car quelques-uns de leurs membres s'étaient mariés à des familles de sorcières au fil des générations.

C'était une jolie petite entreprise dans une vieille maison rénovée, comme beaucoup d'autres commerces. Contrairement à certaines entreprises, la famille n'y vivait pas car ils produisaient des bonbons à l'étage de la vieille maison. Le rez-de-chaussée constituait la partie vente de l'entreprise, tandis que l'étage abritait tout l'équipement de production. Ils vendaient tout ce qui pouvait être fabriqué à partir de sirop d'érable transformé en bonbons.

En entrant, je pris une profonde inspiration. L'endroit sentait délicieusement l'érable. L'une des propriétaires, Helen, était occupée avec un client au comptoir d'exposition qui longeait le mur du fond. Les jumelles et moi flânions. Le magasin était encore bien approvisionné, bien que je sache, d'après la réunion impromptue à Enchanted Spirits après le vol, que leurs stocks commenceraient à s'épuiser d'ici un mois. J'imaginais qu'ils se demandaient s'il fallait retirer des articles des étagères maintenant ou attendre et espérer une solution.

— Les filles, allez-y et trouvez quelques articles qui vous plaisent, dis-je.

Elles m'adressèrent des sourires identiques et commencèrent à chercher avec ardeur. Je regardai tranquillement autour de moi en attendant qu'Helen finisse d'encaisser le client. Dès que le client se détourna, je me dirigeai droit vers le comptoir.

— Bonjour, Helen, dis-je.

Elle se tourna avec un sourire.

— Oh, bonjour, Moira, que puis-je faire pour toi ?

— Je suis sûre que les jumelles vont trouver quelques articles, mais je voulais juste prendre des nouvelles et voir comment les choses se passaient étant donné tout ce qui s'est produit.

Helen pinça les lèvres et soupira.

— Nous tenons le coup pour l'instant, mais j'ai du mal à trouver d'autres distributeurs de sirop d'érable. C'est la période de l'année où tout le monde se prépare pour l'été. Nous allons avoir des problèmes si nous ne trouvons pas rapidement une solution locale. As-tu entendu quelque chose ? demanda-t-elle.

— Quelques bribes ici et là, répondis-je, résumant rapidement les diverses spéculations, y compris les adolescents qui font des bêtises, le sorcier sur la propriété potentiellement saisie, puis mes dernières nouvelles de Gabriel concernant les systèmes de sécurité.

Elle acquiesça, confirmant que la seule chose qu'elle savait était que les caméras de sécurité ne fonctionnaient pas pour ceux qui en avaient.

— Je ne sais même pas quoi en penser. La famille qui gère l'entreprise de sécurité n'a pas de magie. À notre connaissance, ils n'ont aucun lien avec les entreprises de sirop d'érable. Je pense que notre meilleure hypothèse est Tom Lewis sur cette vieille propriété. Il serait capable de faire quelque chose avec la sève d'érable, contrairement à presque n'importe qui d'autre.

— Je compatis pour lui, mais quel gâchis, dit-elle. Je suppose que Daniel est au courant de tout ça.

— Bien sûr. J'espère que l'impression des lettres par The Ink Spot nous aidera à cibler quelque chose ou quelqu'un.

— Je l'espère vraiment, car je préfère acheter localement. J'ai un endroit dans le Vermont qui pourrait me fournir au moment où j'épuiserai notre stock de secours. Quoi qu'il en soit, ça me coûtera un bras et une jambe parce que c'est une commande à court terme. Quand je commande à l'avance, j'obtiens des réductions. Je n'ai pas hâte à cet été si nous ne réglons pas ça rapidement.

— Eh bien, beaucoup de gens sont sur le qui-vive, alors je suis sûre que nous trouverons une solution.

— Moira, nous sommes prêtes, appela Celia tandis que les jumelles contournaient l'une des vitrines. Le petit panier de courses qu'elles avaient pris à l'entrée était presque plein.

— Les filles, j'ai dit que vous pouviez prendre *quelques* articles, dis-je en riant alors qu'elles s'approchaient du comptoir.

Delia haussa les épaules.

— C'est quoi, quelques ?

— C'est trois, et vous le savez parfaitement bien si on veut être précis. Limitez-vous à trois articles chacune, s'il vous plaît.

Helen derrière le comptoir rit avec moi. Les jumelles passèrent docilement en revue le panier, choisissant leurs trois préférés et remettant le reste sur les étagères.

Pendant qu'Helen nous encaissait, Liam arriva, entrant à grands pas et me faisant un clin d'œil quand je le regardai. Bien sûr, ce petit clin d'œil et son demi-sourire envoyèrent un petit frisson dans mon ventre. J'espérais qu'un jour, il ne me ferait plus autant d'effet. Pas que ça me dérange vraiment, mais quand même.

— Salut, dit-il en arrivant à mes côtés, s'arrêtant pour m'embrasser sur la joue.

— Ce sera vingt-deux dollars tout pile, dit Helen.

— Je m'en occupe, dit rapidement Liam, tendant sa carte de crédit avant même que j'aie eu le temps de sortir mon portefeuille de mon sac.

— Je peux payer, répliquai-je.

— Je sais, mais je m'en occupe, dit-il avec un autre clin d'œil.

En sortant quelques minutes plus tard, la main chaude de Liam dans le bas de mon dos et les jumelles marchant à côté de nous, je levai les yeux.

— J'ai dit à Gabriel qu'on pourrait les retrouver au bar plus tard. J'avais l'intention de t'envoyer un message.

— Étant donné que Nathan m'a déjà envoyé un message à ce sujet, j'allais te dire la même chose.

Après avoir déposé les jumelles à la maison, nous sommes retournés en ville pour une soirée avec des amis à Enchanted Spirits. La chaleur nous enveloppa en entrant. Le petit bar confortable était bondé d'amis et de connaissances. La main de Liam était chaude autour de la mienne alors que nous nous frayions un chemin entre les tables, trouvant Nathan et Gabriel avec ma cousine, Emma, et son petit ami, Jackson.

— J'ai une table assez grande pour vous deux, dit mon frère avec un clin d'œil, désignant du menton les deux chaises vides autour de la table circulaire.

Liam et moi nous assîmes, tandis qu'il attirait l'attention de la serveuse d'un signe de la main.

— Alors, comment ça va ? demanda Liam à Nathan.

— Toujours pareil. J'ai installé mes caméras aujourd'hui. Dieu merci, je t'ai parlé hier, dit-il, son regard se tournant vers Gabriel.

— Tu veux dire parce que tu étais sur le point de faire appel à cette entreprise de sécurité locale ? demanda Gabriel.

— Ouais, ça aurait été un vrai bordel. Je ne sais pas s'ils ont fait quelque chose, mais si je dois avoir de la sécurité, je préfère qu'elle fonctionne réellement.

— Depuis que tu as mentionné ça, je me demande à propos des flux vides de l'entreprise de sécurité. Peut-être que quelqu'un a jeté un sort dessus.

Gabriel acquiesça, s'arrêtant pour boire une gorgée de sa bière.

— J'ai pensé la même chose. Je ne veux pas prendre de risque s'ils préparent quelque chose.

— Exactement ce que je pense, ajouta Nathan.

Notre serveuse arriva, et nous commandâmes des boissons et quelques entrées à grignoter.

— Alors cette affaire d'érable, c'est une grosse industrie, commenta Jackson après que la serveuse se fut éloignée avec notre commande.

— Absolument. Le phare ne me rapporte aucun revenu à cause de la façon dont nous l'avons organisé en tant que monument national. L'exploitation de l'érable représente la majeure partie de mes revenus, et je ne suis même pas la plus grande exploitation de la ville, expliqua Nathan.

— Ouais, je ne peux pas dire que je l'ai commencé pour l'argent, mais je voulais diversifier, ajouta Gabriel. Mon travail en ligne est génial et me tient occupé, mais je n'aime pas être enchaîné à mon ordinateur toute la journée. J'ai investi une tonne d'argent pour tout remettre aux normes. Je vais prendre un gros coup à cause de cette affaire.

— Sait-on quand The Ink Spot va imprimer les lettres ? demanda Emma.

— Sally a dit demain, probablement. J'ai appelé cet après-midi, et elle a confirmé qu'Albert avait donné la permission de les publier. Sally est à fond pour en faire une grille de mots croisés. Je veux juste voir si quelqu'un peut aider à déterminer quelle pourrait être la phrase. En attendant, je pense que quelqu'un, de préférence plusieurs d'entre nous, devrait rendre visite à Tom Lewis. Après avoir parlé avec Isobel, ma mère s'est renseignée. La propriété appartenait à la famille de sa femme. Elle devait revenir à sa famille s'ils n'avaient pas d'enfants. Je ne pense pas que ce soit de son fait, mais c'est ainsi que l'acte était rédigé, donc il est dans une impasse financière. Ils exploitaient autrefois une assez grande entreprise d'acériculture à la ferme. Alors, qui veut venir avec moi lui rendre visite ?

Je pouvais sentir le regard de Liam sur moi. Je jetai un coup d'œil quand notre serveuse arriva avec nos boissons et entrées.

— Quoi ? demandai-je dès que notre serveuse s'éloigna.

— Pourquoi dois-tu toujours te porter volontaire ? demanda-t-il, une lueur dans les yeux.

Je mis une frite de patate douce dans ma bouche et haussai l'épaule.

— J'sais pas.

Emma intervint.

— Parce qu'elle est curieuse.

Je lui lançai un regard noir tandis que Liam riait et que Gabriel acquiesçait.

— Moira veut toujours être au centre de tout.

— Hé, c'est moi qui ai quitté la ville pendant quelques années.

— Ouais, et dès ton retour, tu étais en plein milieu de tout, taquina Gabriel.

— Ce n'est pas ma faute si je me trouvais là quand un cadavre est apparu dans la fontaine, protestai-je.

— C'est bon, je suis curieuse aussi. J'irai avec toi demain, offrit Emma avec un sourire.

Jackson la regarda, secouant la tête.

— Peut-être que l'un de nous devrait vous accompagner. Je n'ai pas vu Tom Lewis depuis des années, mais c'est un vieil homme grincheux.

— D'accord, dit Liam. Nous avions l'habitude de lui acheter du bois, il y a des années. Mon père jure que c'est un type bien. Je suis sûr qu'il l'est, mais sympathique n'est pas le mot qui me vient à l'esprit. C'était un sacré sorcier puissant à son époque, donc il est encore plus puissant maintenant.

— Eh bien, Emma et moi y allons, alors quiconque veut venir avec nous est le bienvenu.

— Quel est l'intérêt de tout ça ? demanda Gabriel.

— C'est un suspect. Autant aller voir si quelque chose se trame, dit Emma.

— Si c'est quelque chose qu'il cache, je ne suis pas sûr que la meilleure façon de le découvrir soit de se présenter à sa porte, ajouta Liam.

— Je vais simplement faire mon truc alors, dis-je avant de prendre une gorgée de vin.

Je sentis le soupir de Liam.

— Quoi ? demandai-je, levant à nouveau les yeux vers lui.

J'attrapai une autre frite de patate douce et la plongeai dans la sauce crémeuse au raifort.

— Truc ? demanda Jackson.

— Le pouvoir pratique de Moira de se téléporter dans des endroits et d'en ressortir. C'est plutôt sournois, expliqua Emma.

Les sourcils de Jackson se haussèrent.

— Pratique. Où irais-tu ?

— Eh bien, le seul endroit où nous devons aller pour voir si quelque chose se passe avec l'exploitation d'érable est dans la vieille grange à sucre. Je ne connais pas très bien la disposition des lieux, mais je me souviens y être allée quand j'étais enfant. Ma mère achetait du sirop d'érable chez eux chaque année avant de commencer à entailler ses propres arbres. Les granges sont plus loin sur la route par rapport à la maison.

— Ils ont énormément de terres, ajouta Gabriel. C'est nul, mais je comprends pourquoi sa famille a rédigé l'acte de cette façon. Cette propriété vaut beaucoup d'argent.

— Les gens sont bizarres quand il s'agit d'argent, commenta Liam.

— Quoi qu'il en soit, nous devrions leur rendre visite. Je veux dire, il est sur la liste des suspects possibles. La seule façon de l'écarter est d'y aller. C'est assez facile si je me téléporte dans la grange où se trouve l'équipement d'acériculture.

Emma acquiesçait, tandis que Gabriel roulait des yeux et secouait la tête. Je sentais que Liam n'était pas ravi de mon plan, mais je ne m'attendais pas à ce qu'il le soit. Pour des situations comme celle-ci, ce pouvoir particulier qui est le mien était très utile.

Plus tard ce soir-là, alors que nous rentrions, Ghost sauta sur l'épaule de Liam lorsque nous entrâmes. Liam l'attrapa rapidement avant que Ghost ne puisse rebondir sur le sol. Ghost lui lança un regard réprobateur, mais commença ensuite à ronronner lorsque Liam lui gratta sous le menton avant de le poser par terre.

Après avoir accroché nos manteaux et enlevé nos chaussures, Liam alluma un feu dans la cheminée, et je me dirigeai vers la cuisine pour donner à Ghost un dîner plutôt tardif. Ce n'est pas comme si Ghost n'avait pas sa nourriture à disposition en permanence, mais il était pourri gâté, et je lui donnais de la nourriture humide matin et soir. Il attendait patiemment, sa queue s'agitant tandis que je mettais un peu de nourriture dans son bol.

Laissant Ghost profiter de son dîner, je traversai le salon. Liam leva les yeux alors que le feu prenait dans les bûches. M'arrêtant devant lui, je rencontrai son regard pensif.

— Quoi ? demandai-je.

Il prit une de mes mains dans la sienne et m'attira plus près. Je le heurtai légèrement, mon pouls s'accélérant.

— Tu sembles inquiet, ajoutai-je.

— Je me demande juste quand je pourrai te persuader de ne pas te téléporter dans des endroits aléatoires quand on n'est pas sûrs que ce soit sûr, dit-il avec un petit rire.

— Ce n'est pas vraiment aléatoire. De plus, c'est une bonne option. Je peux toujours me téléporter dehors aussi rapidement.

Son pouce caressa le dos de mes articulations tandis qu'il me regardait tranquillement.

— Je sais que c'est peut-être une bonne idée, mais tu n'y vas pas seule.

— Je ne veux pas y aller seule. Tu peux venir, Emma sera là, et Gabriel veut aussi venir.

Les yeux de Liam parcoururent mon visage tandis qu'il hochait lentement la tête.

— Faisons-le plus tôt que tard.

Puis, il baissa la tête et posa sa bouche sur la mienne. J'oubliai opportunément de m'inquiéter de la sève d'érable volée et des seaux disparus.

CHAPITRE NEUF

Pour une raison ou une autre, plusieurs jours s'écoulèrent avant que nous puissions tous nous retrouver à la ferme de Tom Lewis. Comme prévu, il y avait Liam, Emma, Gabriel, Jackson et moi. Jackson avait décidé de se joindre à nous car il s'inquiétait pour Emma.

Liam était venu la veille pour faire le tour des environs de la propriété et se faire une idée des lieux. Lui et Gabriel allaient attendre dans la voiture pendant que je me téléporterais à la ferme. Emma et Jackson, eux, allaient essayer de parler à Tom à la maison.

C'était une journée froide et venteuse, mais je me demandais s'il existait un seul jour de fin d'hiver qui ne puisse être décrit ainsi. Le ciel était d'un bleu éclatant et le soleil scintillait sur la neige. Il faisait un froid glacial, avec le vent qui soufflait en rafales à travers les champs, soulevant la neige en tourbillons.

Nous nous sommes arrêtés sur le bord de la route, environ un kilomètre avant l'entrée de l'allée de Tom. Emma m'a appelée sur mon téléphone. — Alors, on est prêts ?

— Oui. Allez-y en premier, et espérons qu'il soit chez lui. Une fois que tu m'auras confirmé par texto qu'il est bien là, je me téléporterai dans la grange.

— Compris. Vous allez descendre vers les granges maintenant, c'est ça ?

— C'est le plan. Allons-y, a répondu Liam.

Devant nous, Jackson s'est engagé dans la longue allée qui menait à la maison de Tom Lewis. Pendant ce temps, Liam a dépassé cette entrée d'environ huit cents mètres et a tourné au bout du chemin qui menait aux granges où se trouvait autrefois l'exploitation de sirop d'érable.

Quelques instants plus tard, mon téléphone a vibré avec un texto d'Emma : « Il est là ! »

J'ai jeté un coup d'œil à Liam. — J'y vais.

— Sois prudente, frangine, a dit Gabriel derrière moi. Je me suis retournée avec un clin d'œil. — Toujours. Avec Emma et Jackson qui discutent avec Tom, j'ai un peu de temps.

En regardant à nouveau Liam, il a soutenu mon regard en silence. — Sois prudente. Promets-moi que tu sortiras de là si quelque chose te semble bizarre.

— Tu me connais.

Me penchant par-dessus la console, je l'ai embrassé rapidement. Après une profonde inspiration, j'ai fermé les yeux et concentré toute mon énergie. En un instant, la magie s'est intensifiée en moi et une fumée pailletée est apparue dans mon champ de vision. En ouvrant les yeux, j'ai lancé le sort. C'était un peu comme lancer un frisbee et glisser dans un tunnel.

Après un moment de déplacement rapide, je suis apparue au centre de la grange à sucre. C'était complètement silencieux et l'endroit semblait abandonné. L'espace était grand ouvert, avec des rangées d'équipements couverts de poussière. Il y avait quelques portes au fond, qui menaient probablement à des bureaux et peut-être à une salle de bain.

Bien que mon instinct initial me disait qu'il n'y avait rien d'inquiétant, j'ai pensé que je ferais aussi bien de tout vérifier. Même si l'espace me semblait vide, j'ai avancé sur la pointe des pieds jusqu'au fond et ouvert les portes. Il y avait une salle de bain, ce qui semblait être une salle de pause datant de l'époque où l'entreprise fonctionnait, et un bureau.

La seule chose notable était un seul seau à sève posé sur le bureau. Ce seau portait une étiquette de Munns Maple, l'une des plus grandes entreprises de sirop d'érable de Charm Cove. J'ai immédiatement soupçonné que ce seau avait été transporté ici comme tous les autres. M'approchant sur la pointe des pieds, j'ai jeté un coup d'œil à l'intérieur, sans surprise d'y voir encore un autre morceau de papier plié. Au moment où je tendais la main dans le seau pour le prendre, il y a eu un tumulte dans la grange.

— Qui diable pensez-vous être ? a tonné une voix.

Oh là là, oh non. Il semblait que je m'étais fait prendre.

J'ai envisagé de me téléporter ailleurs, ou pas. Avant d'avoir eu le temps de décider, la voix d'Emma a résonné. — Moira !

J'ai gémi intérieurement. J'ai plongé la main dans le seau, attrapé ce petit morceau de papier et l'ai fourré dans ma poche. Après une profonde inspiration, je suis sortie du bureau. Tom Lewis se tenait là tandis qu'Emma se précipitait dans la grange derrière lui. Elle a croisé mon regard et a haussé les épaules, l'air désolé. Elle ne semblait pas effrayée, et je ne sentais pas que Tom avait l'intention de nous faire du mal, même s'il avait l'air plutôt grincheux.

Tom Lewis me fixait du regard, ressemblant un peu trop au stéréotype du vieux sorcier. Ses cheveux argentés étaient hirsutes et en désordre, dressés en petites touffes sur toute sa tête. Sa barbe partait dans tous les sens, et ses yeux bleus, vifs, étaient braqués directement sur moi. Pour couronner le tout, il tenait une baguette à la main. Pour le moment, j'espérais le meilleur, car il ne pointait pas sa baguette dans une direction particulière.

Ce qui cadrait moins avec l'idée d'un vieux sorcier, c'était sa salopette en jean usée et sa chemise à carreaux en flanelle. Emma a rejoint son côté. — Moira ne pensait pas à mal, Tom. Nous voulions juste...

Ses mots se sont éteints quand il a détourné son regard de moi pour le fixer sur elle. — Je suis peut-être vieux, mais pas stupide. On peut toujours compter sur une Wicked pour se téléporter sur ma propriété sans permission. Qu'est-ce que vous pensez être en train de faire, bon sang ?

Il gesticulait avec sa baguette en parlant. Je l'ai observé, pensant qu'il ne semblait pas vouloir me faire du mal, ni à personne d'autre. — Tom, je suis désolée. Avec tout ce qui se passe concernant le vol de sève d'érable, nous nous demandions si vous pouviez y être mêlé. J'ai opté pour la vérité pure et simple, espérant que cela ferait l'affaire.

Liam est arrivé en courant par la porte avec mon frère et Jackson juste derrière lui. Son regard est passé de Tom à moi, mais j'ai vu la tension dans ses yeux commencer à s'apaiser légèrement alors qu'il ralentissait pour marcher.

Tom a fermé les yeux et secoué lentement la tête. — Ha. J'aurais dû y penser. Je n'ai pas le temps de m'occuper de toute cette sève d'érable, même si j'ai bien l'équipement, a-t-il dit en faisant un geste vers la grange. Il a pris une profonde inspiration et l'a laissée échapper avec un soupir, glissant sa baguette dans une poche sur le côté de sa salopette.

Un autre peu de tension s'est dénouée en moi. Il était clair qu'il ne nous voulait aucun mal. Il avait tout à fait le droit d'être agacé par ma présence ici. J'ai décidé que le silence était ma meilleure option à ce stade.

Tom a soupiré à nouveau en appuyant sa hanche contre la table en acier qui traversait le centre de la pièce.

— Ça ne rend pas acceptable que tu te sois téléportée ici pendant que le reste d'entre vous essayait de me distraire, a-t-il fait une pause, son regard parcourant chacun d'entre nous, mais quand j'ai senti que quelqu'un était ici, j'ai pensé que c'était le cousin cupide de ma défunte femme Hettie. Beaucoup d'entre vous sont probablement trop jeunes pour le savoir, mais entre autres choses, je peux sentir une présence magique partout où je lance un cercle de protection. C'est un peu délicat dans les grandes surfaces, mais Hettie et moi avons vécu ici ensemble pendant cinquante ans. Ils m'ont traîné en justice à cause d'un acte de propriété falsifié. Elle n'était pas proche de la famille de son père et a hérité de cette propriété de sa mère. Son cousin, Ronald, est celui qui est derrière tout ce gâchis. Ils pensent avoir des droits sur cette terre alors qu'elle ne leur a jamais appartenu. J'ai dû les chasser plusieurs fois.

Il a secoué la tête et a ri doucement. Levant une main, il a fait un geste englobant l'espace expansif. — Regardez. Il ne se passe rien ici. Ce seau dans le bureau là-bas est apparu hier. Quelqu'un l'a envoyé ici par magie, bien sûr. Je comptais venir le chercher pour l'apporter à la police. Je n'avais pas encore eu le temps de le faire.

Mon cœur s'est serré pour le vieux Tom. C'était un sorcier puissant, et il semblait qu'il avait été mis dans une situation délicate concernant cette propriété. Le regard peiné d'Emma a croisé le mien.

— Je suis désolée, Tom. Y a-t-il un moyen pour nous de vous aider avec ces histoires de propriété ? ai-je demandé, me sentant idiote d'avoir pu le soupçonner de quoi que ce soit.

Tom s'est redressé, poussant sa hanche de la table et marchant lentement. Son âge se voyait, chaque pas était prudent et mesuré. — Non. Ça devrait se régler tout seul. Ils ont déposé l'acte falsifié après qu'elle ait hérité de la propriété de sa mère. Ils veulent juste la propriété pour l'argent. Hettie tenait de bons registres, et tout est en ordre. Il faut juste traverser le processus. Je voulais t'appeler de toute façon, a-t-il dit, se tournant vers nous qui nous tenions au centre de la grange et fixant mon frère du regard.

— Ah bon ? a dit Gabriel.

— C'est ça. Même si je suis prêt à me battre pour l'acte de propriété, une chose dans ce foutu acte qu'ils ont déposé disait que si l'exploitation de sirop d'érable fonctionnait, elle serait laissée tranquille. J'ai entendu dire que tu avais repris la place de ton vieil oncle. C'est vrai ?

Gabriel a lentement hoché la tête. — C'est vrai. Je ne vois pas bien ce que ça a à voir avec cet endroit.

— Eh bien, je vais te proposer d'en faire ce que tu veux. Si tu la remets en marche, elle est à toi. La propriété est séparée de notre maison. Tout ce que je demande, c'est que tu en prennes soin et que tu ne me mentes pas. Aucune de ces conneries à se faufiler en cachette.

Gabriel a ri doucement.

— C'était mon idée, ai-je ajouté, sentant que je devais mettre le blâme exactement là où il appartenait - sur moi. La vérité est que si je n'avais pas eu le pouvoir de me téléporter ici, nous n'y serions pas.

Les yeux de Tom ont pétillé en me regardant. — Tu as plus de pouvoir que de bon sens en ce moment. Tu n'as pas besoin de me donner ta réponse maintenant, a-t-il dit, regardant à nouveau mon frère. Réfléchis-y, mais j'ai beaucoup plus d'espace ici que tu n'en as à la vieille ferme de ton cousin.

— J'apprécie l'offre, a dit Gabriel avec un signe de tête. Je vais y réfléchir, mais ce serait un choix judicieux si je veux vraiment faire quelque chose de la place de mon oncle. Elle jouxte cette propriété du côté le plus éloigné.

— Exactement. C'est pourquoi j'ai pensé à t'appeler. Il y a une bande de forêt d'érables qui traverse cette zone, c'est pourquoi il y a plusieurs fermes de sirop d'érable ici, a dit Tom. Tu es sûr de vouloir le faire avec tout ce qui se passe ?

—J'imagine que ça va passer, a proposé Liam.

Tom m'a fait un clin d'œil. — Avec ta copine qui enquête, je suis sûr qu'on découvrira qui est responsable. Je ne peux pas dire que j'ai fait des recherches, parce que ce n'est pas le cas, mais si je devais parier, je mettrais mes yeux sur l'un des quatre grands distributeurs de la ville. Je ne pense pas que ce soit ton cousin Nathan, ce qui réduit à trois autres.

— Qu'est-ce qui vous fait penser ça ? a demandé Emma.

— Parce que c'est logique. Magie mise à part, le rasoir d'Occam s'applique toujours. Je suis sûr que vous le saviez sans que je vous le dise, étant donné comment est votre famille, mais ces seaux ne se sont pas déplacés tout seuls manuellement. Quelqu'un avec du pouvoir les a téléportés partout. Ne cherchez pas plus loin que nécessaire.

Tom a repris sa lente marche hors de la grange, et nous l'avons tous suivi. Les voitures de Liam et Jackson étaient maintenant là, donc j'ai supposé qu'Emma avait couru depuis la maison tandis qu'ils avaient dû conduire.

Une fois dehors, Tom s'est arrêté, regardant Gabriel une fois de plus. — Cet endroit n'est pas fermé à clé, alors jette un coup d'œil autour et fais-moi savoir dans quelques jours ce que tu veux faire. Si tu le veux, tout ce qui est dans ces granges est à toi pour l'utiliser. On peut encore voir toutes les anciennes lignes dans les arbres, donc ce ne sera pas trop de travail pour les remettre en marche.

Avec un clin d'œil et un signe de la main, Tom s'est retourné et a marché vers sa maison. Nous l'avons regardé disparaître dans un étroit sentier entre les arbres.

CHAPITRE DIX

Ce soir-là, Liam et moi sommes allés dîner au Charm Café. Après notre matinée mouvementée à la ferme de Tom, j'avais eu une journée de travail bien remplie et je ne désirais rien de plus que de laisser quelqu'un d'autre s'occuper de mon repas.

Une fois installés, j'ai jeté un coup d'œil autour du petit café. Cet endroit réussissait à rester animé toute l'année. Ils servaient une cuisine délicieuse et proposaient des spécialités locales tout l'hiver. Le restaurant était aménagé dans une ancienne maison de style cape située sur une falaise surplombant l'océan Atlantique. Le rez-de-chaussée avait été rénové pour accueillir les clients, tandis que la cuisine se trouvait à l'étage, les plats étant descendus par un monte-plats. Un bar s'étendait le long du mur du fond.

Je me suis adossée à ma chaise, regardant vers l'obscurité extérieure. Les étoiles brillaient intensément, et la lune dessinait un miroitement tremblant sur la surface sombre de l'océan. Reportant mon attention sur Liam, j'ai pris une gorgée de vin et l'ai observé.

— Je me sens vraiment mal pour ce matin, ai-je dit.

Liam a ri doucement, ses yeux se plissant aux coins avec son sourire.

— Ah bon, pourquoi donc ?

— C'était un peu imprudent de ma part de me téléporter là-bas. Maintenant que nous connaissons toute l'histoire, je me sens coupable. C'est tout. Tom est un homme gentil.

— Alors peut-être que je n'aurai plus besoin de te retenir de te téléporter à tort et à travers ? a-t-il rétorqué avec une lueur malicieuse dans les yeux.

J'ai levé les yeux au ciel.

— Je vais y réfléchir plus attentivement. Tom a été bon joueur.

— C'est vrai. Isobel n'avait pas toutes les informations. C'est étonnant comme quelques lacunes dans une histoire peuvent donner l'impression de quelque chose de complètement différent. À ton avis, qu'est-ce que Gabriel va faire ?

Avec un haussement d'épaules, j'ai répondu :

— Je ne suis pas sûre. Comme il l'a dit ce matin, ce serait un choix judicieux. Je pense qu'il va le faire. Il veut développer l'exploitation d'érable, donc ça a du sens. C'est une bonne source de revenus, et ça complétera son travail en ligne. Il dit qu'il en a assez d'être toujours enfermé. En plus, ça permettrait apparemment de sauver cette partie de la propriété du cousin de Hettie.

— Ce serait bien, a répondu Liam. Je déteste voir Tom dans cette situation.

Sur le point de répondre, j'ai entendu quelqu'un appeler mon nom et celui de Liam. En levant les yeux, j'ai aperçu Opal Good, la tante de Liam, qui s'approchait de notre table. Opal était vêtue de sa tenue habituelle : pantalon et bottines de marche en cuir pratiques avec un chemisier. En hiver, elle ajoutait un caban noir. Ses cheveux argentés étaient noués en chignon, et ses lunettes pendaient au bout d'une chaîne autour de son cou.

— Bonjour, vous deux, a dit Opal en arrivant à notre table, son regard perspicace bleu passant de l'un à l'autre.

— Salut, tante Opal, a répondu Liam avec un hochement de tête. Tu es ici pour dîner avec oncle Theo ?

— Bien sûr. Il vient d'aller chercher une table là-bas, mais je voulais vous saluer. Et comment vas-tu, Moira ? a-t-elle demandé.

Cela faisait à peine une semaine que j'avais vu Opal. Elle passait régulièrement à la boutique.

— Je vais bien. Merci d'avoir aidé les jumeaux la semaine dernière, ai-je ajouté, faisant référence à son travail rapide pour vérifier auprès de tous les commerces locaux qui avait reçu des seaux à sève apparus mystérieusement dans leur magasin. Elle avait complété la liste de Lea et Jacob et avait téléphoné pour prévenir les gens que les jumeaux passeraient récupérer les notes.

Opal gérait Beauty Bewitched pour la famille Good. Ils n'étaient pas vraiment des concurrents pour nous et avaient tendance à vendre des articles complémentaires, principalement axés sur les remèdes naturels et les produits de beauté. Nous nous envoyions souvent des clients mutuellement.

— Bien sûr. J'étais heureuse d'aider. J'ai appelé Sally à The Ink Spot ce matin pour voir s'ils avaient reçu des réponses pour les mots croisés de phrases en ligne. Elle m'a dit qu'ils avaient une multitude d'e-mails. Je lui ai suggéré de nous les transférer par e-mail pour que nous puissions y jeter un œil. Veux-tu que je lui demande de te les envoyer ?

— Il serait peut-être plus logique qu'elle les envoie à Daniel, et à au moins l'une d'entre nous, peut-être Lea ou toi ?

Opal et Lea étaient les deux personnes les plus susceptibles de diffuser rapidement toute information qu'elles glaneaient. Je ne voulais personnellement pas être responsable de cela. J'avais déjà assez à faire comme ça.

— Parfait. J'appellerai Sally demain matin pour le lui faire savoir. Je n'ose même pas imaginer combien de combinaisons de phrases sont possibles avec ces lettres.

— Pas mal, j'en suis sûr, a proposé Liam.

Les yeux d'Opal se sont posés sur l'anneau de fiançailles à mon doigt. C'est elle qui avait été chargée de garder les bagues jusqu'à nos fiançailles. J'ai anticipé sa question avant même qu'elle ne la pose.

— Je suppose que vous vous demandez si nous avons déjà des projets de mariage, ai-je dit poliment.

Opal a affiché un sourire. J'ai vu Liam se mordre l'intérieur de la joue, probablement pour s'empêcher de rire.

— Bien sûr que je suis curieuse, ma chère. Nous le sommes tous.

— Nous ne sommes même pas fiancés depuis trois mois, a dit Liam d'un ton neutre.

Opal a levé les yeux au ciel.

— C'est amplement suffisant. Vous vivez déjà ensemble, et votre mariage est une conclusion inévitable. Vous savez, le destin et tout ça, a-t-elle dit avec un léger haussement d'épaule.

— Ne vous inquiétez pas. Nous y arriverons, ai-je ajouté.

Notre serveur s'est opportunément arrêté à notre table pour nous apporter nos plats, nous donnant l'occasion de mettre fin gracieusement à cette conversation. Opal s'est écartée.

— C'était agréable de vous voir tous les deux. Bon appétit, a-t-elle dit avant de se diriger d'un pas vif à travers le restaurant pour s'installer sur une chaise en face de Theo.

Notre serveur a rempli mon verre de vin, tandis que Liam a refusé une autre bière, puisqu'il conduisait. Une fois le serveur parti et que nous nous sommes installés pour manger, j'ai regardé Liam.

— Notre période de grâce a été de courte durée, ai-je dit avec un petit rire.

Il a haussé les épaules.

— Pas vraiment. Je suis sûr que nous allons avoir quelques questions ici et là. À ce propos, quand veux-tu te marier ? Si nous ne planifions pas nous-mêmes, tu sais qu'ils planifieront le mariage pour nous, a-t-il dit en secouant la tête alors qu'il prenait une autre bouchée de son steak.

Faisant une pause pour prendre une gorgée de vin, j'ai réfléchi à sa question. Quand j'étais au lycée et fascinée par le romantisme de notre destinée, je ne m'étais jamais penchée sur les aspects logistiques. Où et quand voulais-je me marier ? C'étaient des questions que je n'avais pas vraiment considérées auparavant.

— Tu sais, je n'y ai pas vraiment réfléchi. Peut-être devrions-nous nous enfuir.

Liam a ri doucement.

— Je suis partant. Ensuite, nous pourrions avoir une autre cérémonie et une fête à notre retour.

— C'est une idée, bien que nous n'en finirions jamais d'entendre parler du fait que nous avons privé nos familles d'un mariage.

— Et si nous nous enfuyions en Écosse ? C'est ce qu'a fait le premier couple.

Les familles Wicked et Good étant toutes deux descendantes d'ancêtres français, irlandais et celtiques, le premier couple prédestiné incluait une femme qui vivait en Écosse à l'époque. Le futur marié prédestiné avait été mis sur un bateau et envoyé de l'autre côté de l'Atlantique pour l'épouser.

— Tu veux dire, aller en Écosse ?

Il a hoché la tête.

— Pourquoi pas ? Nous pouvons le planifier et ensuite prévoir une autre cérémonie ici par la suite. Je pense que ça passerait parfaitement. Ils ne pourraient pas s'y opposer puisque c'est là que le premier couple prédestiné s'est marié.

Un tourbillon d'anticipation m'a traversé.

— J'adore cette idée.

— Une préférence pour la saison ? a-t-il demandé.

— N'importe quelle période de l'année où il fait beau là-bas. Il faudra qu'on se renseigne.

Notre serveur s'est arrêté pour voir si nous avions besoin d'autre chose. Après qu'il se soit éloigné, j'ai regardé Liam pour découvrir son regard intense qui m'attendait. Mon cœur a fait un bond tandis que je réalisais que notre destinée se précipitait vers nous. J'aimais beaucoup ce plan. Ça semblait juste.

Ce serait peut-être le seul moyen de nous marier sans que nos familles entières ne s'en mêlent au point que le mariage ne nous ressemble même plus. En raison de l'histoire du mariage originel entre nos familles, ils soutiendraient cette idée. Ensuite, nous pourrions les laisser planifier la seconde cérémonie ici et s'en mêler autant qu'ils le voudraient.

Après notre retour à la maison, nous sommes sortis sur la terrasse arrière, ce que nous aimions faire chaque soir tant que le temps était clément. L'océan s'étendait au loin, noir dans la nuit à l'exception d'un unique sentier miroitant où la lune projetait sa lumière argentée sur la surface ondulante. Les étoiles brillaient dans le ciel, et une brise salée soufflait depuis l'océan.

C'était subtil, mais je pouvais sentir le changement progressif de température, m'indiquant que le printemps approchait. Tout comme les érables nous l'avaient déjà annoncé.

Ghost était assis sur la rambarde, regardant la neige. Sa fourrure blanche brillait dans l'obscurité avec un soupçon de clair de lune soulignant sa silhouette.

La main de Liam était chaude dans la mienne, et il s'est légèrement tourné. D'une inclinaison de la tête, ses lèvres ont rencontré les miennes, leur chaleur contrastant avec l'air frais et envoyant une décharge brûlante à travers tout mon corps.

CHAPITRE ONZE

Le lendemain en fin d'après-midi, Celia et Delia avaient terminé d'étiqueter tout le stock reçu cette semaine et avaient pratiquement le nez collé au comptoir vitrine. Elles avaient pris l'un de ces kits d'aimants à lettres et n'avaient gardé que les lettres correspondant à celles figurant sur les notes. Les notes avaient été dûment remises à Daniel comme preuves officielles pour son enquête.

Entre-temps, après avoir examiné les divers e-mails envoyés avec des suggestions de phrases possibles, les jumelles s'étaient mises à essayer de voir combien de combinaisons elles pouvaient trouver et lesquelles pourraient avoir un sens. J'aimais moi-même les jeux de mots, mais leur enthousiasme les maintenait concentrées. Je m'occupais des clients et rangeais quelques vitrines, les laissant s'amuser avec les lettres.

La majeure partie de l'après-midi fut calme. J'étais en train de mettre à jour l'inventaire informatique – le nouveau système mis en place par les jumelles avec un peu d'aide de mon frère Gabriel – quand Celia poussa un cri aigu.

— Qu'est-ce qu'il y a ? demandai-je, en appuyant rapidement sur la touche de sauvegarde avant de m'approcher pour voir ce qu'elle regardait.

— La femme d'Howard Munns ne s'appelle-t-elle pas Livi ? demanda-t-elle.

— Si. Pourquoi cette question ?

— Parce que, si on joue avec les lettres, son nom apparaît deux fois.

— Et V n'est pas la lettre la plus courante, ajouta Delia.

En me penchant, je constatai qu'elles avaient tout à fait raison. — Ça pourrait ne rien signifier, ou bien avoir un sens particulier. Munns Maple a aussi eu beaucoup de sève volée et leurs conduites endommagées. Je ne sais pas si ça veut dire quelque chose, mais c'est intéressant. Étant donné que le surnom Livi n'est pas techniquement un mot, je ne pense pas qu'il soit apparu dans les générateurs de phrases. Savez-vous si quelqu'un a envoyé un e-mail à ce sujet à The Ink Spot ?

Les jumelles avaient joyeusement rejoint leur mère pour examiner les e-mails des lecteurs concernant les lettres. Je devais reconnaître que Sally et Rae avaient transformé cela en jeu pour tous les lecteurs du journal quotidien de la ville, offrant des prix dans les restaurants locaux et autres. Elles avaient ainsi reçu pas mal de réponses et de suggestions.

Je ne savais pas quoi penser du fait que le nom de Livi puisse être une option possible dans la phrase. — Les filles, rendez-moi un service. Vérifiez les noms de toutes les personnes à qui on a volé de la sève dans ces lettres. Voyons si d'autres noms s'y trouvent.

Celia et Delia n'aimaient rien de plus qu'une mission liée à une enquête et s'empressèrent de dresser une liste et de se mettre au travail. Quelques instants plus tard, elles m'informèrent que seul le nom de Livi apparaissait.

Emma passa avec Jackson pour récupérer les filles quelques minutes plus tard car c'était l'heure de fermeture. — Salut, lança-t-elle en franchissant la porte. Je ferme à clé ?

— Vas-y, répondis-je.

En glissant les recettes en espèces et les chèques de la journée dans le sac de dépôt bancaire, je souris tandis qu'Emma s'approchait avec Jackson. Ils semblaient bien s'entendre. Jackson m'adressa un sourire tandis que Delia se levait d'un bond et commençait à expliquer avec enthousiasme leurs découvertes de la journée.

— Qu'en penses-tu ? demanda-t-elle après avoir expliqué l'apparition du nom de Livi.

— Eh bien, ça pourrait signifier quelque chose, ou pas, répondit Emma, me jetant un clin d'œil.

Emma avait la même coloration que ses sœurs : cheveux noirs et yeux bleus. Nous avions été proches en grandissant, même si nous étions des cousines éloignées. Nous étions dans la même classe à l'école. Les familles de sorcières étaient étroitement liées à Charm Cove et dans le monde entier.

— D'autres nouvelles ? demanda Emma.

— Rien. J'ai laissé un message à Daniel pour lui transmettre cette petite information. Comme tu l'as entendu, les filles ont déjà éliminé les autres noms. Munns Maple a perdu autant que tout le monde. Je ne sais pas ce que ça signifie.

Jackson baissa les yeux vers Emma avec un sourire. — Ça ne sera plus très long avant que quelqu'un ne résolve cette affaire. Tout le monde est trop irrité à ce sujet. Même ma mère est contrariée, et elle n'a eu que deux seaux volés.

Emma gloussa. — Ça ne semble pas être grand-chose. Ce n'est que de la sève d'érable, mais pour les entreprises, c'est important. En plus, je n'ai pas pris de latte au sucre d'érable depuis plus d'une semaine maintenant.

—Je sais, n'est-ce pas ? C'était l'une de leurs boissons les plus populaires, d'après Sarah. Zoé est toujours en rogne à ce sujet.

— Bon, il faut qu'on y aille. Je fais visiter une maison plus tard ce soir, ajouta Emma. Elle travaillait avec ma mère, qui gérait une société immobilière pour la vente et la location à Charm Cove et dans les environs. — Vous êtes prêtes, les filles ?

— Oui, on doit juste prendre nos manteaux, répondit Celia en se levant du tabouret et en se précipitant vers l'arrière, revenant quelques secondes plus tard avec les deux vestes.

Je leur fis un signe d'au revoir et fermai à clé, lançant les sorts de protection habituels sur les portes avant et arrière. Après m'être rendue à la banque pour déposer le sac, je traversai le parc pour retrouver Liam à Enchanted Spirits. Il m'avait envoyé un texto plus tôt pour me dire que Nathan voulait prendre un verre. Apparemment, mon frère Gabriel devait aussi nous rejoindre là-bas.

Le ciel était dégagé ce soir. Bien que le froid dût maintenir son emprise pendant encore un moment, le soleil restait chaque jour quelques minutes de plus haut dans le ciel, nous indiquant que le printemps approchait. En ce moment même, les dernières lueurs du coucher de soleil laissaient une traînée rouge, or et orange sur l'horizon bas opposé à l'océan.

En poussant la porte d'Enchanted Spirits quelques minutes plus tard, la chaleur m'enveloppa. L'espace bourdonnait d'activité et dégageait une ambiance joyeuse et conviviale. Entendant quelqu'un appeler mon nom, je scrutai la foule et aperçus Liam avec Gabriel et Nathan dans un box au coin. En passant près d'une serveuse, je m'arrêtai pour lui demander de m'apporter un verre de vin quand elle aurait un moment.

En me glissant dans le box à côté de Liam, j'adressai un sourire à toute la table. — Salut les gars, comment ça va ?

— On compare nos notes sur nos nouveaux systèmes de sécurité. Voici le truc bizarre, commença Gabriel. Tu sais comment les bandes étaient vierges pendant le moment où les autres endroits ont été cambriolés ?

— Oui, Daniel devait faire un suivi avec la société de sécurité. Je voulais te demander ça, mais je n'en ai pas eu l'occasion.

— Eh bien, écoute ça, intervint Nathan. Nous avons tous les deux eu deux jours où d'autres lignes ont été coupées. Même si les caméras sont complètement sous notre contrôle, il y a encore des blancs dans les enregistrements.

Liam but une gorgée de sa bière et s'adossa. — Clairement de la magie.

— Je dirais que c'est trop de coïncidences pour être autre chose, ajoutai-je. Avez-vous parlé de ça à Daniel ?

— On vient juste de s'en rendre compte ce soir. J'ai consulté le moniteur en ligne juste avant de venir ici. Nathan a regardé plus tôt, mais il pensait avoir mal configuré quelque chose, expliqua Gabriel.

Nathan rit et sourit timidement. — Je ne suis pas un expert en technologie comme ton frère, avoua-t-il.

— Aucun de nous ne l'est, dis-je avec un sourire ironique. Quoi qu'il en soit, prévenez définitivement Daniel. Vous savez qui pourrait être utile ? Tom Lewis. Il pourrait avoir le pouvoir de mettre en place le type de sort de protection dont vous avez besoin.

— C'est une bonne idée, ajouta Liam.

— Avant que je te demande à propos de Tom, juste un truc rapide. Les jumelles ont essayé de trouver toutes les combinaisons possibles dans les lettres. Aujourd'hui, elles ont réalisé que le nom de Livi peut être épelé deux fois dedans. Pensez-vous que ça signifie quelque chose ? demandai-je à la table en général.

Je n'obtins que quelques haussements d'épaules et rien de plus. — Peut-être, peut-être pas, finit par proposer Liam.

— Bien sûr, comme si je ne le savais pas. J'ai laissé un message à Daniel à ce sujet, et vous devez lui parler bientôt de ces blancs dans les enregistrements.

Je reportai mon attention sur mon frère. — Alors, tu vas accepter l'offre de Tom ?

Gabriel acquiesça. — Je serais idiot de refuser. C'est gagnant pour lui, et ça me donne beaucoup plus d'équipement pour la production, sans parler des hectares d'érables.

— Oh, c'est bien. Je compatis pour Tom. Je n'arrive pas à croire ce que le cousin d'Hettie est en train de manigancer.

Nathan leva les yeux au ciel. — Les gens font des choses méchantes quand il s'agit d'argent. Espérons qu'il pourra régler cette histoire d'acte de propriété devant le tribunal. En attendant, fit-il, en jetant un coup d'œil à Gabriel, c'est *vraiment* un choix intelligent. Tu vas finir par être mon plus grand concurrent.

Gabriel rit doucement. — Peut-être, mais ce n'est pas mon plan. Il y a largement assez de demande.

Nathan acquiesça. — Ab-so-lu-ment. D'habitude, je n'arrive pas à suivre. C'est pourquoi les entreprises à plein temps qui ont été touchées sont si stressées. Évidemment, il y a des fournisseurs dans toute la Nouvelle-Angleterre, mais cela va resserrer l'approvisionnement de tout le monde.

— C'est pourquoi je voulais remettre cet endroit en marche. C'est un changement de rythme agréable par rapport à mon travail en ligne, et ce sera une bonne affaire secondaire, commenta Gabriel.

Pendant que nous parlions, Isobel Martin apparut près de notre table. — Bonjour, Moira, dit-elle joyeusement, en faisant un rapide signe de tête autour de la table. J'ai appris par Tom que vous aviez résolu la confusion concernant sa propriété. J'en suis si heureuse. Je voulais juste passer pour vous faire savoir que ma cousine Angie va faire une séance de lecture pour moi demain. Je vais lui demander de se pencher sur cette affaire.

La cousine d'Isobel était soi-disant une médium. Charm Cove avait sa part de personnes qui aimaient s'aligner sur la communauté des sorcières avec divers pouvoirs de pacotille. Les vrais médiums étaient rares dans le monde surnaturel. La plupart des sorcières savaient très bien que sans pouvoirs surnaturels, une personne ne pouvait pas être médium.

Je n'allais pas entrer dans ce débat avec Isobel, bien qu'elle aurait dû le savoir. Je supposai que son amour d'être au centre de tout prenait le dessus sur son bon sens.

Liam hocha solennellement la tête. — Eh bien, ça devrait être intéressant.

Nathan étouffa un rire en prenant une gorgée de sa bière, tandis que je me mordais l'intérieur des joues. — Tu devras me dire ce qu'elle raconte, parvins-je à dire.

CHAPITRE DOUZE

Quelques jours plus tard, après avoir fait peu de progrès sur Le Grand Coup du Sirop d'Érable, j'ai décidé qu'il était temps de rendre visite à Daniel au commissariat. Lea tenait tout le monde au courant des différents tuyaux qui arrivaient à The Ink Spot. Pour l'instant, nous n'avions aucune piste solide. Notre principal indice était que le nom de Livi apparaissait dans la phrase, si cela signifiait quelque chose et si c'était même intentionnel.

Après avoir garé ma voiture derrière Persnickety Potions & Gifts, j'ai descendu la rue jusqu'au commissariat de Charm Cove. En entrant, j'ai été accueillie par Anna Goodness avec un large sourire. « Bonjour, Moira, comment allez-vous aujourd'hui ? » m'a-t-elle demandé.

— Je vais bien, mais j'ai un peu froid. Je crois que j'étais trop optimiste concernant la météo. Je ne pensais pas avoir besoin de mes gants ce matin, ai-je dit en m'approchant de son bureau, tout en me frottant les paumes.

— J'ai fait la même chose. Dès que mars arrive, je suis tellement impatiente que le printemps commence.

— N'est-ce pas le cas pour tout le monde ? Est-ce que Daniel est là par hasard ?

— Bien sûr, et vous arrivez assez tôt pour qu'il ne soit pas encore trop occupé. Je vais le biper.

Après qu'Anna l'ait bipé, elle a pris un autre appel. Daniel est sorti de la porte latérale dans la salle d'attente en moins d'une minute.

— Viens par ici, a-t-il dit, me faisant signe de le suivre dans le couloir. Une fois dans son bureau, il m'a proposé un café.

— Oh, ça va, merci. Je passerai chez Magic Beans avant d'ouvrir la boutique. Je voulais juste faire un saut et voir s'il y avait du nouveau. Je pense aller parler aux gens de la société de sécurité. As-tu eu l'occasion de le faire ?

Daniel a hoché la tête. « Je l'ai fait, mais ils n'ont pas été d'une grande aide. Pour obtenir les images, je vais devoir déposer un mandat. Honnêtement, je ne suis pas sûr de l'obtenir à ce stade. J'ai besoin d'un peu plus d'éléments. »

— Sérieusement ?

— Oui. Je ne peux pas exactement me présenter au tribunal et dire que je pense qu'une sorcière ou un sorcier a jeté un sort et interféré avec les images de sécurité.

J'ai soupiré et ri. Il avait tout à fait raison. « Eh bien, dans ce cas, j'irai les voir. »

— Fais donc ça. Sinon, je suis toutes les pistes et je vois ce que je peux faire entre les autres choses qui se présentent.

— Je te ferai savoir si j'apprends quelque chose lors de mon passage, ai-je dit en commençant à me tourner pour partir. Son téléphone a sonné, alors il m'a fait signe de sortir.

En redescendant la rue, je me suis arrêtée chez Magic Beans pour prendre un café et un scone, mon petit déjeuner quotidien quand je travaillais à la boutique.

J'envisageais d'appeler Lea pour lui demander si elle pouvait s'occuper de la boutique pendant quelques heures quand j'ai entendu sa voix derrière moi dans la file d'attente. « Moira, ça fait plaisir de te voir ce matin. »

En me retournant, j'ai vu Tante Lea qui retirait ses gants et desserrait son écharpe en laine rouge vif. Comme d'habitude, elle était impeccablement habillée, son écharpe et ses gants mettant en valeur son long manteau en laine gris foncé ajusté.

— Bonjour, Tante Lea, je pensais justement t'appeler. Tu n'aurais pas quelques heures de libre pour t'occuper de la boutique, par hasard ?

— Bien sûr que si. Pour quoi faire ?

— Je viens de passer voir Daniel ce matin car on a l'impression de tourner en rond avec ce vol de sève d'érable. Sans mandat, il ne pourra probablement pas examiner les images de la société de sécurité. Peut-être que nous pouvons déterminer si quelque chose est arrivé à l'équipement. Il soupçonne que c'était de la magie, et il ne peut évidemment pas mettre ça dans un mandat. Je pensais me rendre à Windy Bay et voir si Oncle Jacob pouvait m'y rejoindre. Si un sort a été jeté sur l'équipement, il sera capable de le sentir.

— Plan brillant. Prenons nos cafés, et je t'accompagnerai jusqu'à la boutique. Jacob avait quelques choses à régler ce matin, mais je suis sûre qu'il peut te rejoindre à la société de sécurité d'ici une heure. Ça te convient ?

— Ça devrait aller. C'est à trente minutes de route. Je ne suis pas sûre de la façon dont nous pourrons l'approcher suffisamment de l'équipement pour vérifier si des sorts ont été jetés, mais je me dis que ça vaut le coup d'essayer.

Il m'était venu à l'esprit que je pourrais essayer de me téléporter dans la société de sécurité après les heures d'ouverture, mais considérant qu'il s'agissait d'une société de sécurité, je ne pensais pas que ce soit le plan le plus judicieux. La dernière chose dont nous avions besoin, c'était que je sois filmée en train de me téléporter quelque part.

Après avoir obtenu nos cafés, nous avons marché jusqu'à Persnickety Potions & Gifts. Elle avait appelé Jacob pendant que nous attendions chez Magic Beans, alors je l'ai aidée à ouvrir la boutique puis je suis partie.

Un peu plus tard, je me tenais devant la société de sécurité, attendant l'arrivée de Jacob. Quand son camion s'est garé à côté de ma voiture, il est descendu, toujours aussi imposant. Nous sommes entrés ensemble, Jacob m'expliquant brièvement que s'il n'y avait pas trop de magie pour interférer, il pensait pouvoir détecter si un sort avait été jeté simplement en se trouvant dans la même pièce que l'équipement.

Lorsque nous avons franchi l'entrée, un homme corpulent aux

cheveux argentés et au visage rond nous a accueillis avec un large sourire. « Bonjour, que puis-je faire pour vous aujourd'hui ? »

— Nous cherchons à installer un système de sécurité pour une entreprise, donc nous voulions nous renseigner sur les prix et jeter un œil à votre équipement. Est-ce quelque chose que vous surveillez sur place, ou les gens ont-ils leurs propres systèmes indépendants ? ai-je demandé, me disant que cela lui donnait amplement matière à me répondre.

— Oh oui, oui. Je m'appelle Albert, et je suis le directeur ici. Nous avons plusieurs options pour vous. Il a ensuite énuméré les détails d'une dizaine de formules différentes, y compris les coûts, l'équipement et bien d'autres choses. Pendant qu'il en parlait avec animation, Jacob déambulait tranquillement dans le magasin.

Je le surveillais du coin de l'œil tout en discutant avec Albert. Après l'avoir vu s'arrêter et fermer les yeux pendant un moment ou deux, j'ai supposé qu'il avait peut-être découvert ce que nous devions savoir. Malheureusement, il n'était pas facile de partir gracieusement.

Albert était plutôt enthousiaste au sujet de la sécurité. Quand j'ai mentionné que j'avais entendu parler d'entreprises à Charm Cove signalant des problèmes avec leurs images de sécurité, cela l'a un peu déconcerté. Il prenait visiblement sa garantie très au sérieux.

« C'est un mystère pour moi. Nous avons un équipement de pointe ici. Un policier est passé poser des questions à ce sujet, et je ne savais même pas quoi lui dire. Il n'y a rien sur les images pendant un certain temps. Ça n'est jamais arrivé auparavant. J'ai tout vérifié moi-même. Absolument rien de mécanique n'a échoué sur l'équipement pendant ce temps. Ça me fait me demander si c'était la foudre, ou une autre anomalie, » a-t-il expliqué.

— Eh bien, j'espère que vous pourrez résoudre ce problème. Merci d'avoir pris le temps de m'expliquer toutes les options. C'est très utile. Nous ne sommes pas encore prêts à prendre une décision, mais nous garderons votre entreprise à l'esprit, ai-je dit.

— N'hésitez pas à appeler si vous avez d'autres questions, a dit Albert, nous raccompagnant jusqu'à la porte alors que nous partions.

Une fois que nous étions hors de portée d'oreille et que la porte s'était complètement refermée derrière Albert, j'ai regardé Jacob. « Alors ? »

Il a hoché la tête. « Je ne veux pas en parler ici. Retrouvons-nous à ta boutique. »

Bien qu'impatiente, je savais qu'il n'était pas judicieux de discuter de ce qu'il aurait pu apprendre sur un sort jeté juste devant une société de sécurité où il y avait probablement des caméras de surveillance enregistrant tout ce que nous disions ou faisions. En peu de temps, nous sommes retournés à Charm Cove et sommes entrés dans Persnickety Potions & Gifts.

Tante Lea s'est retournée dès que nous sommes passés par le rideau depuis l'arrière. « Alors ? » a-t-elle demandé.

J'ai jeté un coup d'œil dans la boutique pour la trouver vide, ce qui signifiait que nous pouvions parler librement. Jacob s'est arrêté pour lui donner un rapide baiser sur la joue, puis s'est appuyé contre le mur derrière le comptoir.

« Il y a définitivement eu un sort jeté, et je suis presque certain qu'il a été jeté par une femme. Encore une fois cependant, il a été obscurci. Cette fois, ce n'était pas aussi efficace. Je pense qu'ils ont jeté les deux sorts à distance, ce qui les a affaiblis. Le sort qui a perturbé les images de sécurité n'était rien de plus qu'un sort d'interférence électrique. Je pouvais aussi sentir qu'il venait de la famille Munns ou de la famille Staple. »

— Vraiment ? ai-je demandé.

Jacob a incliné la tête.

— Eh bien, je ne sais pas quoi penser de tout ça, a dit Tante Lea. Soit Livi sabote les autres, soit quelqu'un la cible.

— Ces deux familles sont liées. C'est ce qui rend la chose un peu délicate puisque le sort a été partiellement obscurci, a ajouté Jacob.

— J'appelle Alice aujourd'hui, a dit Tante Lea. Elle cherchait quelles familles ont le pouvoir d'obscurcir comme ça, et nous avons besoin de plus d'informations à ce sujet, le plus tôt possible.

— Même si nous ne savons pas si cela signifie quelque chose, Livi est le seul nom familier qui apparaît parmi toutes ces lettres laissées dans les seaux, ai-je ajouté.

Jacob s'est éloigné du mur. « Bon, je vais y aller. »

Plusieurs clients sont entrés à ce moment-là. J'ai retiré ma veste et suis allée m'occuper d'eux pendant que Tante Lea appelait Alice.

Quelques clients plus tard, j'ai eu un moment pour voir ce qu'Alice avait à dire. « Alice a trouvé quelque chose ? »

Parmi les sorcières et les sorciers, certains pouvoirs étaient assez courants. Si courants que généralement, chaque sorcière et sorcier les possédait. D'autres pouvoirs – par exemple, ma capacité à me téléporter, ou la capacité de Jacob à identifier qui a jeté des sorts – étaient beaucoup plus spécifiques à certaines familles. Même au sein d'une même famille, tout le monde n'héritait pas des mêmes pouvoirs. Et même si on naissait avec certains pouvoirs innés, il fallait de la compétence et de la pratique pour les maîtriser et les maintenir.

Tante Lea a croisé mon regard et a hoché la tête. « En effet. Le pouvoir d'obscurcir les sorts existe dans ces deux familles, ce qui a du sens puisqu'elles sont liées. Le pouvoir est sporadique dans les archives cependant, et ne semble pas être apparu à chaque génération. Alice va travailler un peu plus et voir si elle peut déterminer qui, dans quelle génération, l'a eu. Cela pourrait nous aider à déterminer s'il s'agit de Livi ou de sa cousine. »

— De plus en plus, on dirait que nous devons nous concentrer sur elles. Penses-tu qu'elles l'ont fait juste pour éliminer la concurrence ? Il y a suffisamment de business pour tout le monde.

Tante Lea a haussé les épaules. « Même ainsi, les gens font des choses stupides et criminelles tout le temps. Surtout quand il s'agit d'argent. L'argent est à la racine de presque tous les crimes. Ça, et la passion. »

Sur cette note philosophique, elle s'est penchée et m'a donné un baiser sur la joue avant de partir dans un tourbillon.

CHAPITRE TREIZE

Le soir suivant, Liam et moi sommes allés dîner chez ses parents. Nous le faisions fréquemment, et souvent mes parents nous rejoignaient, ainsi que d'autres personnes. Ce soir, le groupe comprenait Liam et moi, mes parents, Opal, Theo et Tante Lea. Jacob s'occupait de quelques affaires à Portland, tandis que Celia et Delia participaient à une soirée pyjama avec des amies.

Nous savourions un verre de vin chaud après le dîner, et la conversation a naturellement dérivé vers les derniers développements du Grand Coup du Sirop d'Érable. Le nom que Nathan avait donné au vol ce premier soir à Enchanted Spirits était resté. Avec l'énigme des mots croisés dans le journal local, le nom du crime s'était répandu dans toute la ville.

Alice prit une gorgée de son vin et me regarda attentivement.

— Avez-vous eu l'impression que le directeur de la société de sécurité avait une idée de ce qui aurait pu se passer ? demanda-t-elle.

Je venais de résumer ma visite avec Jacob à la société de sécurité.

— Honnêtement, je ne pense pas. Il était préoccupé par les enregistrements de sécurité vides. Il est très fier de leur réputation. Il affirme que c'est le premier cas signalé d'enregistrements de sécurité vierges comme ça. Le directeur n'est pas un sorcier, et n'a pas de liens avec des familles de magie que nous connaissons.

— Avez-vous réussi à déterminer quels membres de la famille possédaient le pouvoir d'obscurcissement ? demanda Lea.

Alice prit une autre gorgée de vin et hocha la tête.

— Un peu. Je peux vous dire qui a documenté l'utilisation de ce pouvoir. Le problème avec le pouvoir d'obscurcissement, c'est que beaucoup de ceux qui l'avaient le gardaient caché. Son utilisation frôlait la magie noire puisqu'il permet de dissimuler ce qu'on fait.

Tout le monde à table acquiesça solennellement. En soi, la capacité d'obscurcir les sorts n'était pas dangereuse, mais elle pouvait certainement être utilisée à des fins néfastes.

Alice poursuivit :

— Il y avait plus de membres de la famille du côté des Munns qui ont hérité de ce pouvoir que du côté des Staples. Même ainsi, ce n'était qu'un ou deux par génération. Même si quelqu'un avait ce pouvoir, ce n'est pas facile à pratiquer. Si quelqu'un voulait le garder caché, je ne suis pas sûre que ce serait consigné dans les registres. Je pense que nous pouvons supposer sans risque qu'il s'agit de l'une de ces deux personnes. La question est : qui ?

— Nous devons simplement être patients. Tout finira par se révéler bien assez tôt, commenta ma mère.

— Celia et Delia sont complètement obsédées par la résolution de cette énigme de phrase, commentai-je. J'espère qu'elles ne font rien de plus que ça.

Les jumelles adoraient mener l'enquête et s'étaient mises en danger l'année dernière lors de l'enquête sur l'homme qui volait des objets magiques. En conséquence, nous faisions tous attention à ce que nous disions devant elles quand il s'agissait de ce genre de choses. Leur curiosité était difficile à satisfaire.

— Je sais qu'elles le font, ajouta Tante Lea avec un sourire chaleureux. Quand elles seront assez grandes, ces deux-là seront une force avec laquelle il faudra compter, étant donné qu'elles sont jumelles et peuvent doubler leur pouvoir.

Opal intervint.

— Ce sont des filles adorables et vives d'esprit. Nous ne voulons pas leur donner une idée de qui nous pourrions suspecter. Quel que soit notre suspect, il a le pouvoir d'obscurcir tous les sorts qu'il lance. La dernière chose que nous voulons, c'est que les jumelles se mettent à nouveau en danger.

— En danger pour de la sève d'érable ? Je n'arrive même pas à y croire, dit ma mère en levant les yeux au ciel.

Liam gloussa à côté de moi.

— Ça peut sembler ridicule, mais la sève d'érable rapporte beaucoup d'argent.

— Des idées sur la façon dont nous pourrions débusquer celui qui aurait pu faire ce sort d'obscurcissement ? demanda ma mère, dirigeant sa question vers Alice.

Alice tambourina du bout des doigts sur la table et haussa les épaules.

— Je ne suis pas sûre. J'y réfléchissais l'autre jour. Tout est dans le timing. Nous devons créer une pression pour qu'ils essaient de voler à nouveau. C'est le meilleur moyen de les faire sortir. Il n'y a pas eu d'autres vols depuis ces deux premiers jours, bien qu'il y ait eu quelques lignes d'acheminement coupées de plus. À part Munns Maple, aucune des autres grandes entreprises de sirop d'érable n'a encore repris ses activités. Cela seul pourrait être notre plus grand indice.

— C'est vrai. Je pense que je vais parler à Gabriel. Il a la configuration parfaite maintenant qu'il va utiliser également l'exploitation de Tom. Nous pourrions faire croire qu'il a repris ses activités alors que ce n'est pas le cas. Je suis sûre que Tom serait d'accord.

— C'est une idée, commenta ma mère. C'est aussi un mystère avec leurs caméras de sécurité. J'ai dit à Jacob d'aller voir Nathan et Gabriel parce que si la marque du sort est aussi distincte sur leurs systèmes de sécurité qu'elle l'était à l'entreprise de sécurité, nous saurons que nous n'avons affaire qu'à une seule personne.

La conversation a continué, et je me suis levée pour aider Alice à nettoyer. Je connaissais Alice depuis que j'étais petite. Bien que je savais qu'elle demandait occasionnellement à Liam quand nous avions l'intention de nous marier, jusqu'à présent, elle m'avait laissée tranquille à ce sujet.

Alors que je mettais la vaisselle dans le lave-vaisselle pendant qu'elle rinçait dans l'évier et qu'Opal essuyait les verres à vin, Alice parla.

— Moira, avez-vous et Liam réfléchi à la date de votre mariage ?

Son ton était poli et gracieux comme toujours. Cela ne masquait pas la tension que je savais se cacher derrière sa question.

Opal fit un tss-tss à côté de moi.

— Vous n'êtes pas la seule à vous poser cette question, Alice. Je lui ai demandé l'autre jour et je n'ai rien obtenu.

Mes joues se sont échauffées, et j'ai soigneusement posé la dernière assiette dans le lave-vaisselle avant de me redresser et de le fermer. Regardant tour à tour l'une et l'autre, j'ai secoué la tête.

— Nous ne sommes pas sûrs. Dès que nous le serons, vous en entendrez parler.

Les yeux bleus d'Alice, si semblables à ceux de Liam, ont retenu les miens un instant. Le coin de sa bouche s'est relevé en un sourire malicieux.

— Je sais que vous le ferez, ma chère, mais ne tardez pas trop. C'*est* important.

Plus tard dans la soirée, quand Liam et moi sommes retournés à la maison de l'ancien cocher, assis devant le feu avec Ghost lové entre nous sur le canapé, je l'ai regardé. De temps en temps, j'étais surprise de voir à quel point il était beau avec ses traits ciselés, ses cheveux noirs et ses yeux si bleus. Je supposais que je devais me sentir chanceuse. À bien des égards, c'était le cas. J'étais prise dans un sort vieux de plusieurs siècles et destinée à l'épouser. C'était une bénédiction que je l'aime vraiment, mais c'était aussi très pratique qu'il soit si ridiculement beau. Sérieusement, je ne me lasserais jamais de cette vue.

— Tu sais, ta mère m'a vraiment demandé ce soir quand nous allions planifier le mariage, commentai-je.

Le ronronnement de Ghost résonna tandis que Liam lui grattait le dessous du menton avant de me regarder.

— Je m'en doutais. J'ai entendu ta mère, la mienne et Opal en parler avant le dîner. Je pense que nous devrions acheter nos billets pour l'Écosse et leur faire savoir quand ça se passera. Tout ce que nous avons à faire, c'est choisir la date.

Mon cœur s'est mis à battre la chamade. De temps en temps, le poids de notre situation me frappait.

Liam leva une main, écartant une mèche de cheveux de mon visage.

— Tu t'inquiètes trop. À moins que tu n'aies des doutes, pas grand-chose ne va changer pour nous.

L'anxiété qui avait commencé à monter s'est dissipée tandis qu'un frisson me parcourait.

CHAPITRE QUATORZE

Le lendemain soir, le téléphone de Liam sonna alors que nous étions assis au comptoir de la cuisine. En jetant un œil à son écran, il parut perplexe.

— Qui est-ce ? ai-je demandé.

— Tom Lewis.

— Oh, pourquoi as-tu son numéro dans tes contacts ?

— Il nous l'a donné l'autre soir, alors je l'ai simplement enregistré.

— Eh bien, réponds, ai-je dit alors que son téléphone continuait de vibrer sur le comptoir.

Liam souleva le téléphone, faisant glisser son pouce sur l'écran. — Allô.

J'aurais aimé lui demander de mettre le haut-parleur car il resta silencieux pendant une minute, hochant la tête au rythme de ce que Tom disait. — Je vais te mettre sur haut-parleur pour que Moira puisse entendre, dit-il ensuite.

Un point pour Liam qui lisait dans mes pensées.

Il posa le téléphone sur le comptoir entre nous, tapotant l'écran. Se tournant vers moi, il expliqua : — Apparemment, Tom a trouvé Celia et Delia dans l'une de ses cabanes à sucre vides.

— Quoi ?!

La voix de Tom résonna à travers le haut-parleur. — C'est exact. J'ai essayé de joindre Lea et Jacob, mais personne ne répond.

À cette heure-ci, je doutais qu'ils aient leurs téléphones allumés, étant donné qu'il était presque vingt et une heures.

— Que font-elles ? ai-je demandé en me détournant du comptoir pour ranger les restes du dîner.

— D'après ce que je peux dire, elles pensent mener l'enquête, dit Tom avec un petit rire. — Je les ai ici même. Vous voulez leur parler ?

La voix de Celia nous parvint. — Salut, Moira, désolée !

— Celia, *que* faites-vous là-bas ?

— Personne ne nous a dit que vous l'aviez déjà écarté de la liste des suspects, alors nous sommes venues enquêter, ajouta Delia pour nous éclairer.

Bon sang. J'ai réussi à garder cette pensée pour moi. — Tom, ai-je appelé.

— Je suis là, dit-il.

— Nous arrivons tout de suite. Nous passerons chez Jacob et Lea en chemin. Je suis sûre qu'ils sont réveillés, mais ils éteignent leurs téléphones après vingt heures. Les filles, vous restez exactement là avec Tom. Vous m'entendez ? ai-je demandé, en prenant mon ton le plus ferme.

— Promis, ont-elles répondu à l'unisson.

Liam a repris le téléphone et a dit au revoir à Tom avant de le glisser dans sa poche en se levant. — Allons-y.

En sortant dans l'air frais de la nuit, les étoiles brillaient intensément dans le ciel pendant que nous roulions le long de la côte vers la maison de Lea et Jacob.

Les sourcils de Jacob se haussèrent quand il ouvrit la porte et nous trouva là. — Que se passe-t-il ? demanda-t-il.

Comme il était maintenant un peu plus de vingt et une heures, il ne portait pas sa tenue habituelle composée d'un pantalon, d'une chemise boutonnée et d'un blazer. Il portait plutôt un vieux pantalon de survêtement usé et un maillot de sport défraîchi.

— Tom Lewis nous a appelés parce qu'il a essayé d'appeler ici, mais personne n'a répondu. Je suppose que vos téléphones sont éteints. Celia et Delia se sont faufilées dehors pour aller enquêter dans les cabanes à sucre d'érable de Tom, ai-je expliqué aussi succinctement que possible.

— Quoi ?! s'écria tante Lea en entrant dans le vestibule derrière Jacob.

Jacob nous fit signe d'entrer. — Préparons-nous à partir.

— Mon Dieu ! Elles sont censées passer la nuit chez leur amie. La seule fois où elles semblent s'attirer des ennuis, c'est quand elles veulent enquêter sur quelque chose, s'inquiéta-t-elle en faisant volte-face, sa robe de chambre tournoyant derrière elle.

— Elles sont en sécurité et Tom est avec elles. Il a appelé Liam quand vous n'avez pas répondu, ai-je ajouté.

En quelques minutes, Jacob et Lea étaient habillés et en bas, et ils nous ont suivis jusqu'à la propriété de Tom. Tom avait dit à Liam d'aller directement à la grange. Il n'avait pas voulu marcher un quart de mile environ dans le noir avec les jumelles.

De vives lumières étaient allumées dans la grange quand nous sommes arrivés. Lorsque nous avons franchi l'entrée principale, nous avons été accueillis par la vision de Tom montrant patiemment aux jumelles comment fonctionnait le processus de fabrication du sirop.

Lea se précipita vers elles, gloussant en s'approchant des jumelles. — Les filles, j'ai envie de vous serrer dans mes bras parce que vous m'avez fait une peur bleue. J'ai déjà appelé la mère de Cindy pour lui dire où vous étiez. Vous devez *arrêter* de vous faufiler dehors pour faire ce genre de choses la nuit, expliqua-t-elle en les attirant dans un câlin collectif.

Tom jeta un coup d'œil à Liam, Jacob et moi, secouant la tête et riant doucement. — Je pense qu'elles étaient assez excitées par tout ça, dit-il quand nous l'avons rejoint.

À peine avait-il parlé qu'une lumière vive, presque aveuglante, traversa l'une des fenêtres à l'arrière de la grange. Elle frappa la boîte à fusibles dans le coin le plus éloigné, plongeant immédiatement la grange dans l'obscurité.

Avant que quiconque ne parle, Jacob leva les mains. La lumière elle-même laissait une lueur résiduelle dans l'espace. Il se plaça directement dans le faisceau lumineux et s'immobilisa complètement. Le silence était total, puis il ouvrit à nouveau les yeux.

— Lea, dit-il, sa voix basse dans l'obscurité, pourrais-tu réparer la boîte à fusibles ?

Parmi d'autres pouvoirs, Lea avait un don pour l'électricité. Elle pouvait la désactiver mais aussi la réparer. Elle se dirigea prudemment vers la boîte à fusibles, contournant quelques objets sur le sol. En moins d'une minute, les lumières étaient revenues.

Les yeux de Celia et Delia étaient écarquillés. — Devrions-nous nous inquiéter que quelqu'un recommence et essaie de toucher l'un d'entre nous ? demanda Delia.

Jacob secoua la tête. — Même si cela vous touchait, ça ne vous ferait pas mal. C'était un sort très spécifique conçu simplement pour couper l'électricité. Ils peuvent certainement le lancer à nouveau, et votre mère réparera encore une fois la boîte à fusibles.

— Devrions-nous rester ici ? ai-je demandé.

Liam regarda Jacob, puis Tom, puis se tourna vers moi. — Je ne pense pas.

Tom jeta un coup d'œil autour de lui. — Ne bougez pas, dit-il.

En tant que sorcier, Tom avait été puissant dans sa jeunesse et l'était immensément maintenant. Les pouvoirs des sorcières et des sorciers ne s'affaiblissaient pas avec l'âge. En fait, ils se renforçaient. Beaucoup commençaient à utiliser leurs sorts moins fréquemment, mais cela ne les rendait pas moins puissants.

Tom ferma les yeux et leva les mains. En un instant, tous les poils sur ma nuque se dressèrent tandis que je sentais l'énergie nous entourer.

Quand il abaissa les mains et rouvrit les yeux, Delia s'exclama : — Quel sort était-ce ?

— Un type de sort de protection. Je suis ici depuis longtemps, donc j'ai senti qu'il y avait de la magie à proximité. Je ne savais simplement pas qui ou quoi. Cela les tiendra à l'écart dans un avenir prévisible. Personne ne me dérange vraiment, alors je n'ai pas rafraîchi les sorts de protection sur cette propriété depuis des années. Clairement, je dois en faire une habitude plus régulière, dit-il avec un sourire ironique. Il regarda les jumelles, plissant ses yeux bleu pâle. — Pas besoin de me surprendre davantage. Vous êtes si curieuses. Si vous voulez en savoir plus, je vous enseignerai, si vos parents sont d'accord. Je préfère vous apprendre la magie plutôt que vous voir courir partout pour enquêter à tort et à travers quand vous ne savez pas encore comment vous protéger.

Les jumelles le fixèrent avant de tourner leurs grands yeux vers leurs parents. Lea roula simplement des yeux et secoua la tête, tandis que Jacob soupirait. — Chaque fois que Tom veut vous enseigner, c'est bien, tant que toutes les habitudes sont respectées, commença-t-il.

— Devoirs, corvées, et rester loin des ennuis, intervint Lea, terminant sa phrase.

Sachant que Jacob s'abstiendrait de parler du sort qu'il avait détecté en présence des jumelles, nous avons dit bonne nuit à Tom et sommes montés dans notre voiture. Une fois partis, j'ai jeté un coup d'œil à Liam. — Peux-tu envoyer un message à Jacob et lui demander de nous appeler une fois rentrés ?

— Bien sûr.

Après notre retour à la maison, Jacob et Lea ont appelé pour nous informer que le sort avait définitivement été lancé par Livi Munns. Comme il l'avait déjà expliqué, c'était un simple sort pour couper l'électricité. Comme nous étions présents au moment où il avait été lancé, il était impossible pour quelqu'un de le dissimuler avant qu'il ne le détecte.

À cette heure tardive, nous avons convenu qu'il n'y avait rien d'autre à faire ce soir. Après qu'ils aient raccroché, j'ai regardé Liam. — Eh bien, je suppose que Livi est derrière tout ça, mais pourquoi ? Et comment pouvons-nous l'attraper d'une manière qui soit utile à Daniel ? Nous ne pouvons pas attendre de lui qu'il agisse avec ça.

— Ce serait assez facile de demander à Jacob de la confronter. Il est bien plus puissant qu'elle, nota Liam.

— Bien sûr, mais comment la tenir responsable ? Je veux dire, c'est une chose de la tenir responsable parmi les familles de sorciers et de lui rendre la vie un peu misérable. Mais elle a volé beaucoup de familles, dont beaucoup ne sont pas des sorciers. Elle est potentiellement en train de ruiner leurs entreprises pour la saison.

— Je suppose que nous irons parler à Daniel demain, et nous verrons à partir de là.

CHAPITRE QUINZE

Le lendemain matin, j'ai retrouvé Zoé pour prendre un café chez Magic Beans. Comme d'habitude, je suis arrivée avant elle. J'ai attrapé une table dans le coin, sirotant mon café et grignotant mon scone tout en réfléchissant à ce que je devais faire avec les révélations de la nuit dernière. Je n'allais certainement pas remercier les jumelles d'avoir faussé compagnie à tout le monde et d'avoir décidé d'enquêter dans la grange de Tom. Pourtant, leurs actions nous avaient donné l'opportunité pour que Jacob identifie le sort de Livi.

— Salut, comment ça va ? demanda Zoé en se glissant sur la chaise en face de moi.

— Oh, ça va, dis-je avec un sourire. Je vais aller droit au but.

Je lui ai rapidement résumé les événements de la veille, terminant par :

— Donc je vais aller parler avec Daniel après. Lea et Jacob doivent nous y retrouver.

Zoé secoua lentement la tête, replaçant une mèche brune derrière son oreille.

— On part du principe qu'elle est la seule impliquée ?

— Je ne crois pas qu'on en soit sûrs. Elle n'est peut-être pas la seule impliquée, mais elle est clairement au cœur de l'affaire. Pourquoi ne viendrais-tu pas avec moi au commissariat ? Daniel est toujours plus coopératif quand tu es là.

Zoé sourit et secoua la tête.

— Je n'ai pas le temps. Je dois aller à l'école. Et puis, il est seulement méfiant quand il s'agit de partager ses infos. Il parle sans problème quand c'est toi qui lui donnes des informations.

Après avoir fini nos cafés, nous nous sommes séparées au coin de Charming Way et de la rue principale. Liam et moi étions venus ensemble aujourd'hui, mais il s'était arrêté aux bureaux de sa famille pour mettre ses parents au courant. Comme ma famille, ils dirigeaient diverses entreprises en ville. Il m'avait assuré qu'il me rejoindrait au commissariat dès que possible. Il franchissait justement le seuil des escaliers en granit menant à l'entrée quand j'arrivai au commissariat.

— Liam ! appelai-je. Il s'arrêta, m'attendant avant d'ouvrir la porte et de me faire signe d'entrer devant lui.

— Du nouveau de ta mère ? demandai-je.

— Un peu. Elle a pu trouver une trace de la grand-mère de Livi utilisant un pouvoir d'obscurcissement. Elle pense aussi que l'arrière-grand-mère de Mel Staple avait le même pouvoir. Elle ne sait pas si ça veut dire quelque chose, mais ils pourraient travailler ensemble.

Lea et Jacob étaient arrivés avant nous. Anna Goodness ouvrit la porte du couloir arrière dès que nous avons atteint son bureau.

— Allez-y. Daniel vous attend.

Daniel sirotait son café, assis à la table avec Lea et Jacob quand nous sommes entrés. Lea leva les yeux.

— Eh bien, nous lui avons tout expliqué. Il dit qu'il ne peut rien faire avec ces preuves, souffla-t-elle. J'essaie de lui faire comprendre que Jacob est simplement un témoin.

Je pouvais pratiquement voir Daniel essayant de *ne pas* lever les yeux au ciel. Il adressa un rapide sourire à Liam et moi, nous faisant signe de nous asseoir sur les deux chaises vides à la table.

— Lea, comme je l'ai expliqué, Jacob n'a rien vu au sens où il pourrait en témoigner devant un tribunal. Ces informations sont très utiles pour mon enquête, mais nous devons nous concentrer sur ce que nous pouvons réellement présenter devant un tribunal. Il n'y a aucun moyen d'écrire quoi que ce soit sur la détection de sorts dans un rapport officiel.

Lea souffla à nouveau et croisa les bras.

— Tu dois être un peu plus créatif, Daniel.

À ces mots, il rit et secoua la tête.

— Crois-moi, je n'ai pas besoin d'être créatif dans cette ville. Cette information est très utile et je suis sûr qu'elle aidera l'enquête.

Jetant un coup d'œil à Liam, je le vis lutter pour ne pas sourire. Pendant ce temps, je devais me mordre l'intérieur des joues pour ne pas rire.

Avec un soupir, Lea se leva de sa chaise.

— J'espère vraiment que tu pourras faire quelque chose avec ces informations. Les entreprises vont faire faillite à cause de cette histoire.

Daniel acquiesça solennellement, avec à peine une lueur dans les yeux.

— J'en suis conscient, Lea. Entre ces informations et les autres pistes sur lesquelles je travaille, je suis convaincu que nous pourrons réduire le champ des possibilités, et tout le monde pourra reprendre ses activités bientôt. Y a-t-il autre chose dont vous vouliez discuter avec moi ce matin ?

Jacob secoua la tête.

— Fais-nous savoir comment nous pouvons t'aider davantage.

Lui et Lea partirent, cette dernière criant par-dessus son épaule qu'elle passerait au magasin plus tard dans la journée.

Après qu'ils eurent refermé la porte, Daniel jeta un coup d'œil à Liam et moi, haussant un sourcil et haussant les épaules.

— Lea est toujours impatiente.

— Oh ça, c'est vrai. Je ne peux pas dire que je ne le suis pas non plus, mais je comprends que tu aies besoin d'informations que tu peux documenter. Ce n'est définitivement pas un éclair de lumière jeté comme un sort pour couper l'électricité, dis-je avec un soupir.

— Qu'est-ce qui pourrait aider, selon toi ? demanda Liam.

Daniel nous lança un regard pensif.

— Que Livi travaille seule ou non, nous avons besoin d'un moyen de la relier aux faits et au vandalisme. En ce qui concerne la reprise des activités des entreprises, il n'y a eu aucun autre incident depuis plus d'une semaine. Je pense qu'il est juste de dire que ça pourrait être sûr maintenant. Si elle compte tenter autre chose, cela pourrait l'inciter à le faire.

Après avoir jeté un coup d'œil à l'horloge au-dessus de la porte, je me tournai vers Daniel.

— Ça a du sens. Je pense que Nathan et Gabriel vont bientôt se remettre en marche parce qu'ils ont tous deux installé des systèmes de sécurité. Tout le monde a hésité parce qu'ils ne veulent pas perdre trop de sève à nouveau.

— C'est vrai, et la saison de la récolte ne dure que six semaines environ, ajouta Liam.

Je me levai de la table.

— Je dois retourner à la boutique, mais j'appellerai Gabriel. En attendant, tiens-nous au courant, Daniel.

Daniel haussa à nouveau un sourcil.

— Moira, tu sais que je ne peux te tenir informée que dans une certaine mesure.

Liam gloussa en se levant de la table.

— Nous le savons.

Je n'étais peut-être pas aussi impatiente que Lea, mais j'aurais souhaité que Daniel soit un peu plus communicatif.

Après que Liam m'a accompagnée à la boutique avant de partir travailler, j'ai passé la majeure partie de la matinée à gérer une nouvelle livraison de stock. Dans mes moments libres, je réfléchissais à ce qui pourrait faire sortir Livi de sa tanière.

À la fin de la journée, je me suis rendue à l'épicerie, où Liam devait me rejoindre. En raison de l'heure de fermeture de notre boutique, il était impossible de ne pas aller à l'épicerie quand elle était bondée. Les clients après le travail remplissaient les allées alors que je me frayais un chemin à travers le magasin avec un chariot. J'étais dans le rayon des pâtes quand j'ai entendu mon nom.

Jetant un coup d'œil par-dessus mon épaule, j'ai vu Isobel Martin qui s'avançait dans l'allée avec son chariot. Elle s'arrêta à côté de moi, souriant largement.

— Bonjour, Moira ! J'avais l'intention de passer à ta boutique aujourd'hui, mais je n'ai pas eu le temps, dit-elle d'un ton conspirateur.

Il n'y avait personne à portée de voix, mais c'était comme ça qu'Isobel aimait bavarder.

— Tu avais besoin de quelque chose ? demandai-je, même si je savais que ce n'était probablement pas le cas.

Isobel secoua la tête, ses courtes boucles brunes rebondissant.

— Non, je voulais te parler de ma consultation psychique avec ma cousine.

Oh, ça promet d'être intéressant.

— Ah bon, raconte-moi ça.

— Eh bien, Angie m'a dit quelques trucs sur la vie amoureuse de ma fille. J'adorerais qu'elle se marie, mais elle traîne les pieds. Mais ce n'est pas ce que je voulais te dire. Elle m'a donné un avertissement.

— Un avertissement ?

— Oui, un avertissement te concernant, dit Isobel, se penchant plus près et chuchotant presque.

— Moi ? C'était un peu étrange, mais j'ai décidé de jouer le jeu. Curieusement, un picotement familier me parcourut l'échine, ce qui indiquait généralement que quelque chose se tramait. Je n'avais aucune idée de ce que ça pouvait être, étant donné que nous parlions d'un avertissement d'une voyante.

— Oui, toi. Elle a dit qu'il y aurait un événement où tu pourrais être blessée, expliqua Isobel, son front se plissant.

— A-t-elle dit autre chose ? demandai-je.

— Malheureusement, non. Elle a dit que la vision était un peu floue.

Je me retins de soupirer. *Je veux bien le croire qu'elle était floue.*

— Je suppose que je serai un peu plus prudente que d'habitude, dis-je, ne sachant pas quoi dire d'autre sur cet avertissement incroyablement vague.

— Fais ça, dit Isobel. Je voulais juste m'assurer que tu étais au courant. Maintenant, je dois y aller. J'ai une réunion de planification de jardin ce soir.

Elle s'éloigna rapidement. J'ai sélectionné quelques boîtes de pâtes et continué à travers le magasin, puis j'ai rencontré Béatrice Powers.

Bien qu'elle ne soit pas en pleine marche sportive, elle filait toujours à vive allure. Ses chaussures grincèrent lorsqu'elle s'arrêta devant moi.

— Moira, dit-elle brusquement. Comment vas-tu ?

— Je vais bien, juste quelques courses. Et toi ?

— Bien, très bien. J'avais l'intention de passer à ta boutique aujourd'hui, mais la journée est passée trop vite.

— Tu avais besoin de quelque chose ?

— Eh bien, dit-elle, rapprochant son chariot pour se mettre à côté de moi, tu te souviens quand j'ai mentionné que j'allais commencer à faire mes promenades de l'après-midi près des érablières ?

— Bien sûr.

— Juste cet après-midi, j'ai vu le cousin de Livi Munns, Mel Staple de Maple Staple, dans les arbres sur la propriété de ton frère, juste là où sont les conduites. Je n'ai pas le numéro de Gabriel, donc je n'ai pas eu l'occasion de l'appeler, mais j'ai laissé un message à Daniel. Je ne sais pas ce que ça signifie, et ça pourrait n'être rien, mais il était définitivement sur une propriété privée.

— Tu es sûre que c'était lui ? demandai-je, sachant pertinemment que Béatrice en était probablement tout à fait certaine, mais cela embrouillait les pistes alors que nous considérions Livi comme notre principal suspect.

Béatrice hocha fermement la tête.

— Absolument. Je connais Mel depuis des années, et j'avais mes lunettes. Avec mes lunettes, ma vision est parfaite, Moira.

J'ai failli éclater de rire, mais je me suis mordu l'intérieur de la joue et j'ai simplement souri.

— J'en suis sûre, Béatrice. Je vérifiais juste parce que, honnêtement, c'est un peu déroutant.

— Qu'est-ce que tu sais d'autre ? demanda-t-elle, gardant sa voix basse et regardant autour d'elle. Il y avait quelques personnes dans l'allée avec nous, mais personne à portée de voix.

— La principale chose, c'est que les jumelles essayaient encore d'aider. Elles se sont faufilées dehors hier soir et sont allées à la grange de Tom Lewis. Après ce qui s'est passé l'automne dernier, nous avons essayé d'être un peu plus prudents et de nous assurer qu'elles ne se retrouvent pas dans une situation délicate. Je suis sûre que tu comprends.

— Bien sûr que je comprends. Ces filles sont puissantes et le seront encore plus à leur manière. C'est juste de la pure chance qu'elles n'aient pas eu de problèmes quand elles ont attrapé cet homme qui cambriolait ta boutique. Je leur ai dit que j'étais fière qu'elles soient si courageuses, mais ça ne veut pas dire que je veux qu'elles aient des ennuis à nouveau, dit-elle en faisant claquer sa langue et en secouant la tête.

— Exactement, donc nous avons essayé de les impliquer suffisamment pour qu'elles ne deviennent pas trop curieuses. Aucun de nous n'a pensé à leur faire savoir que nous avions écarté Tom comme suspect après qu'il m'a surprise en train de me téléporter dans sa grange.

Béatrice afficha un sourire malicieux.

— Tu aurais dû me consulter avant d'élaborer ce plan, ma chère. J'aurais pu te dire que Tom Lewis a la capacité de détecter toute personne là où il a jeté un cercle de protection. Ça ne marchera pas partout, mais il vit sur cette propriété depuis plus de cinquante ans.

— Crois-moi, j'ai retenu la leçon. Je suppose que la prochaine fois, je vérifierai avec toi, répondis-je en riant.

Béatrice fit un clin d'œil.

— Je dois te l'accorder, ma chère. Personne ne peut dire que tu n'es pas courageuse. Ce serait bien le genre des jumelles d'essayer d'aider.

— Tout à fait. Quand nous étions là-bas, quelqu'un a jeté un sort pour couper le courant dans la grange. Personne n'a été blessé. Comme Jacob était là quand c'est arrivé, il a pu tracer le sort immédiatement. Pas de sort d'obscurcissement pour le cacher cette fois. Pour faire court, le sort a été jeté par Livi Munns. Daniel dit que ce n'est pas suffisant pour qu'il puisse faire quoi que ce soit parce qu'il ne peut pas présenter un mandat de perquisition basé sur des sorts de sorcière.

Béatrice hocha gravement la tête.

— Bien sûr qu'il ne peut pas, ma chère. Eh bien, je me demande maintenant si Livi et Mel travaillent ensemble. Je vais déjeuner avec mon amie, Eva. Il y a des années, elle était amie avec Livi, mais elles se sont brouillées. Je ne me souviens même pas pourquoi. Livi est un peu lunatique, plutôt fantasque aussi, et elle garde certainement rancune.

Elle n'a jamais surmonté je ne sais quelle dispute mesquine qu'elle a eue avec Eva.

— Hmm, je serais curieuse d'en savoir plus.

Une femme s'arrêta dans l'allée, examinant le rayon des vinaigrettes. J'ai pris cela comme un signal pour continuer mon chemin.

— Béatrice, c'était agréable de discuter. Tu sais toujours où me trouver si nous ne nous croisons pas pendant ta marche matinale. Je demanderai à Gabriel de t'appeler, d'accord ?

— Bien sûr, ma chère. Passe une bonne soirée, répondit Béatrice avant de continuer dans l'allée.

Après avoir fini mes courses, j'ai croisé Zoé dans la file d'attente à la caisse.

— Salut, dit-elle avec un sourire.

— Salut, comment ça va cette semaine ? demandai-je.

— Oh, tu sais. L'école en cette période de l'année est chargée parce que nous avons des examens dans quelques semaines. Tout le monde est tellement tendu quand ça approche.

— Je n'en doute pas. Quand est-ce que ça se termine ?

En parlant, j'ai machinalement jeté un coup d'œil à son chariot, et mes yeux se sont immédiatement posés sur un test de grossesse posé dans le panier à côté de sa main.

— Dans deux semaines, ce sera terminé, répondit-elle.

Quand j'ai levé les yeux vers elle, elle a dû lire mon visage, car ses joues sont devenues roses.

— Tu sais que j'essaie de tomber enceinte.

— Bien sûr, mais tu n'en parlais pas vraiment. Je n'aime pas demander, parce que je ne veux pas être trop indiscrète.

— Demande tout ce que tu veux, mais j'aurais aimé qu'on ne l'ait pas dit à la mère de Daniel. Elle demande chaque fois qu'elle nous voit. Ma mère est plus raisonnable et ne me harcèle pas.

— Si tu as un test, penses-tu qu'il sera positif ?

Zoé haussa les épaules, mais un sourire s'étira sur son visage.

— Peut-être. On verra bien.

Me mettant à côté d'elle, je lui ai fait un rapide câlin.

— Même si ce n'est pas cette fois, ce sera bientôt. Je le sais.

Quand elle s'est écartée, Zoé a pris une profonde inspiration et l'a relâchée avec un soupir.

— Espérons-le. En tout cas, Daniel est frustré à propos de ce bazar avec la sève d'érable.

— En parlant de ça, je viens de croiser Béatrice. Elle a dit qu'elle avait laissé un message à Daniel. Elle faisait sa promenade de l'après-midi près des érablières aujourd'hui, et elle a vu le cousin de Livi, Mel, rôdant dans les arbres. Je ne sais pas quoi penser de tout ça, et c'est tout ça pour de la sève d'érable.

— C'est un peu ridicule. Aussi bête que ça puisse paraître, la sève d'érable est un commerce important en Nouvelle-Angleterre.

C'était au tour de Zoé de passer à la caisse, donc notre conversation a été interrompue, et Liam est arrivé pendant que j'attendais pour payer. Sur le chemin du retour, j'ai appelé Gabriel.

— Tu dois appeler Béatrice, dis-je dès que Gabriel décrocha.

— Hein ? Pourquoi donc ? Au fait, comment vas-tu aujourd'hui ? demanda-t-il en riant.

— Je vais bien. J'ai croisé Béatrice à l'épicerie. Tu sais que je t'ai dit qu'elle allait faire sa promenade de l'après-midi près des érablières ?

— Ouais, bien sûr. Quelque chose s'est passé ?

— Elle a vu Mel Staple sur ta propriété. Ça ne veut peut-être rien dire, mais à ce stade, j'en doute.

— A-t-elle mentionné où elle l'a vu ?

— Dans les arbres où tu as toutes les conduites d'érable. Je pense que tu devrais appeler Tom Lewis. Comme ta propriété jouxte la sienne, il pourrait t'aider avec un cercle de protection.

— Je pourrais en jeter un moi-même, mais il est définitivement plus puissant que moi. Donne-moi le numéro de Béatrice, et je vais l'appeler.

J'ai rapidement récité son numéro.

— Fais-moi savoir ce que Tom te dira après que tu lui auras parlé aussi.

CHAPITRE SEIZE

Le lendemain matin, je suis passée chez Magic Beans pour mon café et mon scone habituels. Arrivée en tête de file, j'ai souri à Sarah.

— Bonjour, je prendrai comme d'habitude. Avec un shot supplémentaire, par contre.

Sarah m'a gratifiée d'un large sourire.

— Tu prends toujours un shot supplémentaire, donc c'est déjà ton habitude. Scone aux myrtilles ou aux framboises ?

— Aux framboises.

— Tu ne veux pas essayer un latte au sucre d'érable ?

— Oh, vous en avez de nouveau ?

— Oui, Munns Maple et Maple Staple ont repris leurs activités. J'ai enfin pu commander une partie de leur stock. Maintenant que leur approvisionnement est rétabli, ils vendent à nouveau. Tu sais quand Nathan et Gabriel recommenceront à vendre ? Je préfère leur acheter quand c'est possible.

— Gabriel espère recommencer d'ici une ou deux semaines. Il a dû attendre parce que ses conduites ont été de nouveau coupées, tout comme celles de Nathan. Ils espèrent tous les deux que l'enquête avancera, pour ne pas avoir à installer de nouvelles conduites qui seraient encore sabotées. On dirait que Munns Maple et Maple Staple n'avaient pas les mêmes préoccupations.

Sarah a plissé les yeux en préparant mon café, son front se crispant lorsqu'elle s'est retournée.

— Hmm. J'espère qu'ils n'ont rien à voir avec tout ça.

Je n'avais pas informé Sarah de tous les autres détails qui avaient fait surface, et ce n'était certainement pas le moment, alors j'ai simplement acquiescé sans en dire plus. Après avoir payé mon café, j'avais encore quelques minutes devant moi, alors j'ai pris une table dans le coin, grignotant tranquillement mon scone tout en réfléchissant à l'affaire du vol de sève d'érable.

Juste au moment où je pensais que nous nous rapprochions de Livi, l'implication de son cousin avait tout compliqué. Maple Staple Farm était juste à côté de Munns Maple. Peut-être que c'était lui le coupable, ou peut-être qu'ils travaillaient ensemble. Peu importe qui était responsable, je n'arrivais pas à comprendre l'intérêt à long terme de voler autant de sève d'érable.

Je terminais mon scone quand j'ai entendu mon prénom. En levant les yeux, j'ai vu Opal qui s'approchait de ma table, un café à la main.

— Bonjour, Moira, a-t-elle dit en s'arrêtant à côté de moi.

— Bonjour, Opal. Comment vas-tu aujourd'hui ?

— Je vais bien, merci. Alors, des idées pour la date de ton mariage ? a-t-elle demandé, ne prenant même pas la peine d'amener le sujet en douceur.

J'ai pris une gorgée de café et souri.

— On y réfléchit. Je te promets que dès qu'on aura une date, tout le monde sera au courant.

Opal a posé une main sur sa hanche.

— O-M-D. Quand est-ce que vous allez enfin vous décider ?

Opal et ses acronymes. Elle les sortait de façon sporadique, ce qui les rendait encore plus amusants.

J'ai retenu un rire et haussé les épaules.

— Dès qu'on aura un plan bien défini, ai-je répondu.

Opal a secoué la tête en soupirant.

— Eh bien, ma chérie, ne tarde pas trop. Cette ville a besoin d'un mariage, et pas seulement parce que c'est ton destin. Je ne crois pas qu'il y ait eu un mariage de sorcières depuis plus de deux ans. Enfin, comment vont les choses à la boutique ? C'est ton premier hiver à la gérer seule.

— Les affaires sont comme on pourrait s'y attendre. Nous commençons à recevoir nos commandes de printemps, donc nous aurons suffisamment de stock quand l'activité reprendra dans quelques mois. Comment ça va chez Beauty Bewitched ?

— Calme comme d'habitude à cette période de l'année. Je pensais justement parler à Emma. Je sais qu'elle travaille un peu pour ta mère, mais il est temps pour moi de réfléchir à qui pourrait reprendre les rênes, comme tu l'as fait pour Lea à Persnickety Potions & Gifts.

— Elle pourrait être intéressée. J'imagine que tu aimerais ralentir un peu.

— J'aimerais continuer à participer à la gestion, mais je ne rajeunis pas et la saison estivale me fatigue plus qu'avant.

— Je suis sûre que tu trouveras une solution, ai-je répondu.

En regardant ma montre, j'ai remarqué qu'il était temps pour moi de partir.

— Je dois aller à la boutique, ai-je dit en me levant. Tu veux sortir avec moi ?

Opal a acquiescé, et nous sommes sorties ensemble. Elle s'est dirigée vers Beauty Bewitched, qui se trouvait sur Wicked Way. Pendant ce temps, j'ai traversé le parc pour rejoindre Charming Way. Alors que je marchais, Beatrice arrivait à toute vitesse au coin de la rue. Ce matin, son groupe de marche rapide comptait quatre personnes. Les matinées devenaient légèrement plus chaudes chaque jour. C'était imperceptible, mais quand le sol était couvert de neige et que votre souffle gelait dans l'air, la petite augmentation de température était notable.

Beatrice portait une veste polaire rose vif ce matin, la couleur se détachant nettement sur la neige. Dès qu'elle m'a vue, elle a quitté son groupe, se dirigeant vers moi le long d'un des chemins déneigés. En quelques secondes, elle m'a rejointe, s'arrêtant brusquement.

— Bonjour, Moira. J'ai du nouveau.

Beatrice n'était jamais du genre à perdre du temps avec les formules de politesse.

— Bonjour, Beatrice. De quoi s'agit-il ?

— Comme je te l'ai dit hier soir à l'épicerie, j'ai parlé à Eva pour lui demander des détails sur Livi. Elle m'a rafraîchi la mémoire sur les raisons de leur brouille. Il y a longtemps, au lycée, Livi était amoureuse de Benjamin, le cousin éloigné de ta mère, celui qui a légué l'érablière à Gabriel. À l'époque, Benjamin lui avait dit de le laisser tranquille parce qu'il était amoureux d'Elizabeth, avec qui il s'est finalement marié.

— Et quel rapport avec ce qui se passe maintenant ?

— Eh bien, selon Eva, Livi ne l'a jamais vraiment oublié. Je crois qu'ils sont sortis ensemble une ou deux fois. À l'époque, comme les parents de Livi possédaient Munns Maple et que les siens possédaient Mystic Maple, elle avait cette idée qu'ils uniraient leurs forces. C'était complètement ridicule. Mais Livi a toujours été un peu ridicule. Après que Benjamin a épousé Elizabeth, elle l'a détesté et a vraiment détesté sa femme. Eva a dit que Livi était même contente qu'ils n'aient pas d'enfants. C'est à ce moment-là qu'Eva lui a dit ses quatre vérités. Elles ne se sont plus parlé depuis. Eva a dit que Livi s'était mise dans la tête que Benjamin était secrètement amoureux d'elle. Comme lui et Elizabeth n'ont jamais eu d'enfants, elle a inventé cette idée folle qu'il lui léguerait son érablière pour que leur rêve de fusion des exploitations se réalise après sa mort. Toute cette histoire est complètement dingue, si tu veux mon avis. Encore plus fou, Eva s'est même demandé si Livi avait quelque chose à voir avec la mort de sa défunte épouse. Livi a des pouvoirs, mais ils sont juste dans la moyenne. Elle était obsédée par l'idée de gagner plus de pouvoir grâce à un bon mariage et était absolument furieuse quand ça ne s'est pas produit. Voilà, c'est tout. Je dois y aller. Dès que j'aurai terminé ma marche ce matin, je vais aller parler à Daniel, a déclaré Beatrice.

— Wow. C'est beaucoup d'informations, ai-je finalement dit. J'espère que tu emmèneras Eva avec toi pour parler à Daniel.

— Bien sûr, c'est mon plan, a-t-elle répondu. Passe une bonne journée maintenant.

Sur ces mots, elle est repartie. J'avais souvent l'impression de regarder une voiture changer de vitesse quand je l'observais marcher. Elle commençait à marcher normalement puis accélérait, les coudes battant l'air tandis qu'elle rattrapait son groupe de l'autre côté du parc.

Je me suis dirigée vers la boutique, considérant qu'il pourrait enfin y avoir un tournant significatif dans cette affaire. Cette histoire folle à propos de Livi et de son amour non réciproque pourrait bien être le mobile. Pourtant, cela n'expliquait toujours pas pourquoi son cousin rôdait sur la propriété de Gabriel.

CHAPITRE DIX-SEPT

Beatrice est passée à la boutique plus tard pour me faire savoir qu'elle avait parlé à Daniel avec Eva. Bien que je sois morte de curiosité de connaître ses pensées, je savais qu'il ne partagerait probablement rien. Je devrais peut-être m'appuyer sur Zoe pour voir si elle pouvait glaner des informations auprès de lui.

Entre-temps, Liam et moi prévoyions d'aller voir Gabriel à Mystic Maple ce soir. Alors qu'un client quittait la boutique cet après-midi, ma mère est entrée, accompagnée d'une bourrasque de vent et d'un peu de neige. La journée avait été ponctuée de brèves rafales neigeuses.

— Salut, maman, dis-je tandis que la porte se refermait derrière elle.

Elle leva les yeux avec un sourire tout en secouant légèrement son manteau et en brossant la neige de ses cheveux.

— Comment vas-tu aujourd'hui, ma chérie ?

— Bien. Qu'est-ce qui t'amène ?

— Je voulais préparer une potion pour Penelope. Elle sera de retour la semaine prochaine, tu sais.

— Ah, c'est vrai. Je suis surprise qu'elle n'ait pas décidé de rester plus longtemps comme l'année dernière, commentai-je.

Tante Penelope avait pris l'habitude de partir en vacances à la fin de chaque hiver. Quand elle en avait assez du froid, elle s'absentait quelques semaines pour voyager vers un endroit chaud. Bien que je n'étais pas à Charm Cove l'année dernière quand elle est partie en vacances, je me souviens d'en avoir parlé avec ma mère, car Penelope avait fini par décider de prolonger son séjour à deux mois.

Ma mère rit en s'approchant du comptoir, retirant ses gants et déroulant l'écharpe autour de son cou.

— Je sais. Je pense vraiment qu'elle a eu une aventure amoureuse l'année dernière. Elle refuse de l'admettre parce qu'elle se croit trop vieille pour ce genre de chose.

— Ah bon ?

Ma mère me fit un clin d'œil.

— C'est ce que je crois. Quoi qu'il en soit, elle m'a appelée hier soir et m'a donné son horaire de vol, alors je prévois d'aller la chercher à Portland. Je me suis dit que je passerais préparer rapidement cette potion que je fais contre l'épuisement et le décalage horaire. Ça ne te dérange pas, n'est-ce pas ?

Je m'étais habituée à voir ma mère et ma tante Lea passer quand elles voulaient préparer des potions.

— Bien sûr que non, prépare ce que tu veux. Je vais te tenir compagnie. J'aimerais bien apprendre ce que tu mets dans cette potion. Ce n'est pas quelque chose qu'on vend habituellement. Pourquoi d'ailleurs ? demandai-je en la suivant à travers le rideau de perles vers l'arrière-boutique.

— Je pense qu'on la vend occasionnellement, mais ce n'est pas une des plus courantes. Quand j'en prépare un lot, on met généralement quelques bouteilles en vitrine. Les autres potions sont plus populaires cependant, surtout les filtres d'amour.

Elle se glissa sur un tabouret et commença à examiner les flacons d'herbes et d'autres ingrédients sur les étagères au-dessus de la table de travail. Je m'installai sur un tabouret à côté d'elle, me disant que je retournerais à l'avant si j'entendais la clochette de la porte.

Les potions n'étaient pas aussi compliquées qu'on pourrait le penser si on n'était pas une sorcière ou un sorcier. Les ingrédients ressemblaient à ceux des simples remèdes à base de plantes, la touche magique étant la véritable magie. Nous utilisions des combinaisons d'éléments qui seraient bénéfiques au niveau normal pour le corps, l'esprit ou le cœur, puis ajoutons un peu de magie pour leur donner du punch et les rendre plus puissantes. Nous avions la capacité d'ajuster la magie, et la plupart des potions que nous vendions ici n'avaient qu'une très légère touche de magie.

Quand il s'agissait de magie sur des humains qui n'étaient pas surnaturels, gérer le différentiel de puissance des potions était un peu plus délicat, car les humains sans pouvoirs étaient plus ou moins sensibles. Certaines personnes avaient des réactions inattendues. Si nous gardions la magie légère, nous n'avions pas à nous inquiéter des réactions négatives.

Une fois que ma mère eut sélectionné ses ingrédients et commencé, je lui résumais ce que Beatrice m'avait raconté ce matin sur la place.

— Tu te souviens de quelque chose à ce sujet ? demandai-je après avoir esquissé l'histoire de l'amour non partagé de Livi avec le cousin éloigné de ma mère.

Ma mère me jeta un regard et me fit un clin d'œil.

—Je crois que tu oublies, ma chérie, que je suis bien plus jeune que Beatrice et Livi. Ces événements se seraient produits bien avant que je sois assez âgée pour comprendre ce qui se passait. Je me souviens d'avoir entendu quelques discussions à propos d'Elizabeth quand elle est morte. C'était inattendu. Elle était plutôt jeune pour mourir si soudainement. Elle aurait eu un cancer qu'on n'a pas détecté avant qu'il soit trop tard. Je pense que Lea et moi devrions aller parler au cousin de Livi, Mel. Nous le connaissons en fait. Il est un peu plus jeune que Livi et quand j'étais petite, sa famille vivait juste au bout de la rue. Ses parents sont tous deux décédés depuis, et ils ont vendu la maison. Il s'était marié et avait déménagé ailleurs avant de revenir à Charm Cove après leur décès. J'emmènerai Lea avec moi pour lui parler. Au cas où il mijoterait quelque chose, nous deux pourrons le maîtriser.

— Maman, je ne suis pas sûre que ce soit une bonne idée. Je veux dire, tous les indices pointent vers Livi, mais on ne connaît pas vraiment son implication. Beatrice l'a vu sur la propriété de Gabriel.

Ma mère me lança un regard en coin.

— Ça vient de la fille qui n'hésite pas à se téléporter où bon lui semble, sans se soucier des problèmes de sécurité. Tu as juste eu de la chance que la première fois que tu t'es fait prendre, ce soit par Tom Lewis. Aussi grincheux qu'il puisse être, c'est un homme gentil, et il ne te ferait jamais de mal. C'est juste de la chance pure que ce soit la première fois que tu te fais prendre. Lea et moi pouvons très bien nous débrouiller pour une simple visite pour poser quelques questions.

— D'accord. Point pris, marmonnai-je.

— J'espère vraiment que tu seras plus prudente à ce sujet à l'avenir. Ton père s'en est toujours inquiété.

— Maman, la seule raison pour laquelle Tom a su que c'était moi, c'est parce que je n'ai pas choisi de me téléporter ailleurs. Je peux disparaître en un éclair. Tu le sais. J'ai pratiqué ce sort tout le temps en grandissant dès que nous avons su que je pouvais le faire.

Ma mère soupira à nouveau tout en versant soigneusement de la potion dans une bouteille.

— C'est juste. Je suppose que tu as raison. Je présume que Beatrice a emmené Eva parler avec Daniel, dit-elle, ramenant le sujet sur la question plus importante.

— Oui. Tu sais que Daniel ne nous dira rien. Quoi qu'il en soit, aucune de ces informations n'est basée sur la magie, alors ça devrait être utile.

Ma mère rit doucement. Elle jeta un œil au petit verre doseur qu'elle tenait.

— Il me reste assez pour environ quatre bouteilles. On les étiquette et tu pourras les vendre ?

— Autant le faire, répondis-je.

CHAPITRE DIX-HUIT

Liam arrêta la voiture devant l'une des granges de Mystic Maple. « Wow, ça fait un mois que je suis venue ici et il a fait beaucoup de travaux », ai-je remarqué.

Pendant les années précédant le décès de Benjamin Wicked, il n'avait pas maintenu l'acériculteur en activité. Par conséquent, les deux granges avaient besoin de quelques réparations. Gabriel avait installé un nouveau bardage et une toute nouvelle enseigne à l'extérieur au cours du mois dernier.

— Je confirme, a commenté Liam alors que nous sortions de la voiture. Tu sais si Gabriel a eu l'occasion de parler avec Tom de l'extension du cercle de protection autour de sa propriété ?

— À ma connaissance, il prévoyait de le faire.

— Bien, dit Liam tandis que nous poussions les larges portes doubles pour entrer dans le hall d'entrée de l'une des granges. Les exploitations plus modestes qualifiaient généralement les granges d'acériculture de cabanes à sucre. Certaines étaient de petites cabanes, et certaines personnes qui récoltaient l'eau d'érable pour leur consommation personnelle s'occupaient de la transformation de la sève dans leur cuisine.

Les exploitations plus importantes occupaient des granges entières, avec des lignes gravitaires provenant des arbres et alimentant la grange et les systèmes automatisés mis en place pour transformer la sève en sirop et même en sucre d'érable granulé.

Lors de ma dernière visite, tout à l'intérieur était couvert de poussière. En m'arrêtant une fois entrée, j'ai scanné l'espace. L'équipement brillait de propreté, et Gabriel était dans un coin, travaillant sur une grande machine.

— Salut, ai-je lancé, ma voix résonnant dans l'espace.

Gabriel a levé les yeux et a fait un signe de la main. « Salut, j'arrive. » Il a posé un outil et s'est essuyé les mains sur une serviette posée sur une table en acier.

— Ça a l'air prêt à fonctionner, a commenté Liam tandis que son regard balayait l'espace.

— Merci. Ça m'a occupé et c'est une bonne chose. J'apprécie mon travail de comptable judiciaire, mais j'avais besoin d'autre chose que d'avoir mon cerveau enfoui dans les chiffres. J'avais tout mis aux normes avant que mon premier lot soit gâché par le vol et que les conduites gravitaires soient coupées. Toutes les conduites sont maintenant remises en place, a expliqué Gabriel.

— Tu as eu l'occasion de parler à Tom du sort de protection ?

Gabriel a acquiescé. « Il vient justement ce soir. Il a dit que c'était juste assez loin de sa maison pour qu'il doive venir s'en occuper. J'ai aussi eu des nouvelles de Daniel aujourd'hui. Il est passé et m'a demandé de faire fonctionner cet endroit dès demain. Grâce à Beatrice et son amie qui lui ont donné quelques informations sur Livi, il pense avoir un bon dossier si nous pouvons réellement la prendre en flagrant délit. Il espère que si les autres entreprises d'acériculture fonctionnent à nouveau, elle pourrait tenter quelque chose d'autre. Le point faible reste Mel Staple. »

— Ah oui, j'ai oublié de mentionner que Maman et Lea vont essayer d'aller lui parler ce soir.

Gabriel a lentement secoué la tête. « Tout ce remue-ménage pour de la sève d'érable. »

J'ai haussé les épaules. « C'est le business, non ? Je veux dire, pour toi, c'est une activité secondaire, mais Nathan est assez stressé. »

— C'est sa principale source de revenus, a ajouté Liam.

Je me suis approchée pour examiner un énorme bac en acier inoxydable. « Combien comptes-tu essayer de vendre une fois que tout sera pleinement fonctionnel ? » ai-je demandé.

— Autant que possible. La saison de l'acériculture ne dure qu'environ six semaines, donc ce n'est pas un travail à temps plein pour moi quoi qu'il arrive. D'après mes observations, il y a beaucoup de demande. Même si Nathan fonctionne à pleine capacité, je ne vais pas affecter son entreprise. J'aimerais me concentrer sur les petites commandes et ce genre de choses, alors qu'il s'occupe des grands distributeurs parce que c'est un revenu plus garanti. Quant à ma concurrence avec qui que ce soit d'autre... Gabriel s'est interrompu, puis a souri. Je m'en fiche.

Je venais de me retourner pour marcher vers l'endroit où se tenaient Liam et Gabriel lorsqu'une lumière vive a jailli, frappant le sol juste devant moi.

— Qu'est-ce que c'est que ce bordel ? s'est exclamé Gabriel.

Tous les trois, nous nous sommes tournés vers la direction d'où provenait la lumière qui traversait une fenêtre. Il y a eu un éclair de mouvement, puis une autre décharge lumineuse. Gabriel a levé une main et a attrapé le sort. C'était l'un de ses tours pratiques.

Contrairement à mon père, il n'avait pas le pouvoir de sentir la présence de la magie. Mais si un sort était lancé devant lui, il pouvait réellement le capturer. D'une certaine manière, son pouvoir servait de sort de blocage, bien que ce ne soit pas tout à fait le mécanisme. Il ne s'agissait pas de voler la magie puisqu'il ne pouvait pas la conserver après l'avoir capturée. Pourtant, il pouvait renvoyer le même sort à celui qui l'avait lancé.

Il pouvait aussi le dissiper complètement. Dans ce cas précis, il restait immobile, le sort contenu dans ses mains, scintillant comme une boule blanche et brillante.

— Je ne sais pas si c'était destiné à blesser quelqu'un. Je n'ose pas le renvoyer, juste au cas où.

En un éclair, la boule s'est dissoute comme des paillettes tombant au sol. Les étincelles se sont dissipées en fumée. À ce moment-là, une autre décharge est venue à travers une fenêtre différente. Gabriel a attrapé le sort et l'a maintenu immobile dans ses mains, le dissipant à nouveau.

Liam s'est précipité vers la porte, mais quand il a essayé de l'ouvrir, il n'a pas pu. « Celui qui est dehors ne veut pas nous laisser sortir », a-t-il dit.

— Eh bien, nous pouvons jouer sort contre sort, ai-je murmuré.

En fermant les yeux, je me suis rapidement concentrée, tournoyant à l'intérieur dans un tunnel de fumée et de paillettes. Juste au moment où je sentais l'élan du transport, j'ai rebondi contre une force invisible, atterrissant exactement là où je me tenais. En une seconde, Gabriel a attrapé un autre sort lancé dans la grange.

Nous avons entendu une voix appeler, puis une explosion de lumière à l'extérieur des fenêtres. Liam a tiré à nouveau sur la porte et a pu l'ouvrir cette fois. Pendant ce temps, comme j'avais lancé mon sort de transport, j'ai été immédiatement aspirée. C'était une première. Je n'avais jamais commencé ce sort sans le terminer, alors je n'étais pas préparée à ce qu'il reprenne quand il n'y avait plus rien pour le bloquer.

J'avais seulement l'intention de me transporter à l'extérieur de la grange. En un éclair, j'y étais. Livi se tenait dehors avec sa baguette pointée droit sur moi, le visage rouge tandis qu'elle criait une sorte de charabia.

Liam a rapidement pivoté, bloquant efficacement tout ce qu'elle venait de lancer dans ma direction. Emma et Jackson étaient également dehors. J'ai supposé qu'ils avaient fait quelque chose pour éliminer le confinement autour de la grange. Quand Livi a soulevé sa baguette à nouveau, il y a eu un éclair bleu, puis des anneaux lumineux l'ont entourée, la maintenant en place.

Comme sa mère et ses jeunes sœurs, Emma possédait une variante du pouvoir de confinement. Elle était suffisamment puissante pour maintenir facilement Livi en place. D'un mouvement de poignet, elle ajouta quelques bandes supplémentaires autour de Livi. Jetant un coup d'œil à Jackson et Liam, elle leur lança : « Quelqu'un doit appeler Daniel. »

Jackson a rapidement passé l'appel. Livi était furieuse, les joues rouges et tachetées, des larmes coulant sur son visage. Elle nous fixait du regard.

— Qu'est-ce qui se passe, Livi ? Pourquoi fais-tu tout ça ? ai-je demandé en m'approchant d'elle, ramassant sa baguette qu'elle avait laissé tomber pendant le sort de confinement d'Emma.

— Vous avez tout ruiné, a-t-elle craché. J'ai attendu des années avant de prendre ma revanche. Tout ça devait être à moi. Elle a essayé de pointer vers la grange, mais ses bras étaient bloqués contre ses flancs. Benjamin et moi devions nous marier. La moindre des choses qu'il aurait pu faire était de me léguer tout ça. Au lieu de cela, il l'a laissé à *toi*. Son regard accusateur s'est tourné vers Gabriel alors qu'il sortait de la grange.

— Tu as fait tout ça pour ça ? ai-je demandé. Sans vouloir t'offenser, et je suis sûre que ça t'a fait mal quand il n'a pas répondu à ton amour, mais c'était il y a plus de cinquante ans.

Ses yeux bruns se sont rétrécis tandis qu'elle me regardait. Avec ses cheveux gris bouclés en désordre et ses vêtements débraillés, elle avait l'air un peu dérangée. Je suppose qu'elle l'était.

— De tous, tu devrais comprendre quand quelque chose est destiné. Nous n'étions peut-être pas destinés à être ensemble comme toi et Liam, mais nous étions faits l'un pour l'autre. Benjamin était juste trop stupide pour le voir, a-t-elle rétorqué.

Tom Lewis est apparu, marchant à travers les arbres près de la bordure de sa propriété d'acériculture. Il ne semblait pas le moins du monde surpris de voir notre rassemblement, ni de voir Livi enveloppée dans les bandes bleues du sort de confinement d'Emma.

Il s'arrêta à côté de Gabriel une fois qu'il nous eut rejoints. « J'aurais dû prendre le temps de venir ici hier soir », dit-il avec un petit rire. « Mieux vaut tard que jamais. »

Gabriel éclata de rire. Une voiture s'engagea dans l'allée, et nous avons tous regardé dans cette direction. « Oh, c'est la voiture de Maman », ai-je commenté.

En un rien de temps, elle et Lea sortaient de la voiture avec le cousin de Livi, Mel Staple. Livi dirigea son regard furieux dans sa direction avec un grognement.

— Eh bien, on dirait que tout est réglé. Personne n'a été blessé ? a demandé ma mère, son regard passant parmi nous et s'attardant brièvement sur Livi.

— Quelques frayeurs, mais nous allons bien, a répondu Gabriel.

— Et moi qui pensais que revenir à Charm Cove pourrait être un peu ennuyeux, a marmonné Jackson dans sa barbe.

Emma a gloussé, mais elle a gardé son attention sur Livi.

— Eh bien, Mel ici présent peut probablement combler les lacunes, a dit Lea.

Les yeux bleu pâle de Mel semblaient fatigués et ses cheveux gris étaient ébouriffés, comme s'il y avait passé la main trop de fois. Il était mince et grand, et se déplaçait lentement alors qu'il s'approchait de Livi.

En la regardant, il a lentement secoué la tête. « Je refuse de continuer à faire partie de tout ça. Non pas que j'ai voulu en faire partie », a-t-il ajouté, regardant autour de lui. « Elle me faisait chanter. J'ai perdu beaucoup d'argent. Je ne sais pas comment Livi l'a découvert, mais elle l'a fait. Mauvaise habitude de jeu. J'ai promis à ma femme que j'avais arrêté. Elle sera dévastée. Mais je ne peux plus continuer à cacher ce gâchis. »

— Que s'est-il passé ? ai-je demandé.

— Pour faire court, j'ai aidé Livi à utiliser la magie pour voler la sève de tout le monde et ruiner les conduites gravitaires. Cela semblait assez inoffensif, mais maintenant ça va trop loin. Elle voulait faire pression sur Gabriel pour qu'il lui vende cette ferme en lui causant trop de problèmes à gérer. Ce que j'ignorais avant de commencer, c'est qu'elle avait empoisonné la femme de Benjamin. Elle l'a fait lentement avec de l'arsenic. Personne ne s'en est rendu compte, et Elizabeth était juste assez âgée lorsqu'elle est finalement décédée pour que personne ne fasse d'enquête. Tu es folle. Les choses sont complètement hors de contrôle, a-t-il dit, regardant vers Livi. Se retournant vers le reste d'entre nous, il a soupiré. Les choses ont dérapé quand elle s'est inquiétée que vous soyez sur une piste et que vous puissiez découvrir qu'elle avait un rôle dans la mort d'Elizabeth. C'est à ce moment-là qu'elle a vraiment perdu la tête. J'ai découvert qu'elle avait lancé des sorts d'obscurcissement et endommagé les enregistrements de sécurité en plus de tout le reste. Je prévoyais déjà d'aller parler à

Daniel, mais je ne savais pas comment expliquer tout ça. C'est tellement fou.

Comme invoquée par son nom, la voiture de patrouille de Daniel s'engagea dans l'allée, suivie d'une autre voiture de patrouille.

— Tu voudras peut-être annuler le sort, ai-je dit à Emma, ma voix basse.

Bien que Daniel soit bien au fait des pouvoirs des sorcières et qu'il soit marié à l'une d'elles, ce ne serait pas bon qu'il arrive avec une suspecte maintenue en place par des bandes lumineuses bleues.

Emma a croisé mon regard et a acquiescé. Elle a reculé pendant que Jackson, Liam et Gabriel se plaçaient autour de Livi. « Nous allons juste attendre ici. Si elle fait un geste, on l'a », a dit Liam, me regardant.

— Oh, allez vous faire foutre, a marmonné Livi.

Emma a laissé le sort s'estomper et les bandes bleues se sont dissipées dans un nuage de fumée blanche. Livi semblait bien consciente qu'elle était surclassée et dominée par tous les présents. Bien que Tom ait l'air détendu, adossé à un arbre, je ne doutais pas une seconde qu'il puisse arrêter tout ce qu'elle essaierait de faire.

Daniel a fait rouler sa voiture de patrouille jusqu'à l'arrêt, descendant en uniforme de police et regardant parmi nous. Son adjoint, Arnold, est sorti, l'air un peu incertain en regardant autour de lui. Comme Daniel, Arnold ne possédait pas de magie lui-même, mais il en connaissait l'existence et se trouvait être marié à une sorcière.

Au fil des siècles, les familles de sorcières de Charm Cove s'étaient assurées que quiconque travaillait pour le service de police était favorable aux sorcières et aux sorciers. La dernière chose dont la ville avait besoin était un service de police trop zélé, craintif des sorcières et créant de l'hystérie. Non merci. Une telle hystérie à Salem quelques siècles auparavant avait conduit les familles fondatrices à s'échapper loin sur la côte du Maine. Étant donné que les sorcières et les sorciers avaient depuis longtemps rédigé tous les règlements municipaux et occupaient plus de la moitié de la population de la ville, il n'était pas si difficile de s'assurer que les électeurs soutiennent un chef de police compréhensif envers la magie.

Arnold a sorti un petit carnet, tandis que Daniel sortait un petit enregistreur portable. « D'accord, qui veut commencer et me dire ce qui se passe ? Je n'ai pas besoin d'entendre tout le monde en même temps », a-t-il dit, son regard s'attardant sur Lea.

Elle a souri. « Je vais me taire. Je n'étais pas vraiment là tout le temps. »

Gabriel s'est avancé. « Pourquoi ne commencez-vous pas avec moi ? Je peux vous dire ce qui s'est passé dans la grange, et ensuite je suppose que vous devez entendre Emma et Jackson sur ce qui s'est passé ici avant que le reste d'entre nous ne sorte de la grange. »

— Avant d'aller plus loin, a appelé Liam de l'endroit où il se tenait près de Livi, je vous recommande de la menotter. Mel rapporte qu'elle a empoisonné Elizabeth Wicked. Il y a beaucoup plus dans cette histoire, mais c'est un début.

Daniel a simplement fait un signe de tête à Arnold, qui s'est approché et a mis des menottes à Livi tout en lui lisant ses droits. Son visage était rouge et des larmes coulaient sur ses joues, mais elle n'a pas résisté.

— Le chauffage est allumé dans la voiture de patrouille si vous voulez la mettre à l'arrière, a lancé Daniel.

CHAPITRE DIX-NEUF

Plusieurs heures plus tard, je me blottis contre l'épaule de Liam, prenant une grande inspiration et la relâchant dans un soupir. — OK, je suis officiellement épuisée.

Le petit rire grave de Liam résonna contre mon oreille tandis qu'il passait la main dans mes cheveux. — J'en ai vu de toutes les couleurs. Avec tous les hurlements et les pleurs de Livi, j'ai fini par avoir mal à la tête.

Je commençais à me redresser, mais il secoua la tête et me tira à nouveau contre lui sur le canapé face à la cheminée. — J'ai déjà pris de l'ibuprofène. Ça va.

— D'accord, répondis-je en me détendant contre lui. Je dois dire que c'était assez brutal de voir mon sort s'arrêter comme ça.

Liam secoua la tête. — C'est le moins qu'on puisse dire. Je suis content que tu ailles bien. On dirait que Livi a tout simplement craqué.

— C'est une façon de voir les choses.

Ghost passa par sa chatière depuis la véranda arrière. Après un arrêt rapide à son bol d'eau, il nous rejoignit devant le feu. Avec le ronronnement de Ghost en fond sonore, Liam me regarda, le regard intense. — Je réfléchissais... et si on allait en Écosse vers la fin de l'été ? Il paraît qu'il y fait bon à cette période. On pourra faire une autre cérémonie ou ce que nos familles voudront organiser au solstice d'hiver prochain. Qu'en penses-tu ?

Mon cœur battait fort et vite dans ma poitrine tandis que je plongeais dans son regard. Je hochais déjà la tête avant même d'y réfléchir. Je connaissais la réponse. Ça semblait juste.

—Je trouve que c'est parfait.

La dernière chose que je vis fut son sourire avant que ses lèvres ne rencontrent les miennes.

ÉPILOGUE

Environ un mois plus tard

Je suis entrée dans Maple Mayhem, souriant en regardant autour de moi. La boutique était remplie de touristes, et les étagères débordaient de bonbons à l'érable dans toutes les variétés imaginables.

Delia m'a bousculée lorsque je me suis arrêtée pour regarder l'une des vitrines. — Oups ! Désolée, Moira. Combien peut-on en prendre ? a-t-elle demandé.

En jetant un coup d'œil par-dessus mon épaule, j'ai été accueillie par deux sourires identiques et deux paires de grands yeux bleus.

— Trois chacune. C'est ce que votre mère a dit.

— Mais Tom adore les caramels à l'érable, a dit Celia.

— On te promet qu'ils ne sont pas pour nous. Ceux-là sont pour lui, a ajouté Delia avec un hochement de tête vigoureux.

— D'accord, une boîte de caramels à l'érable pour Tom, et trois pièces de ce que vous choisissez pour vous-mêmes. C'est tout.

Les jumelles avaient accepté l'offre de Tom Lewis et passaient un après-midi par semaine avec lui à travailler leur magie. Aucun d'entre nous ne savait vraiment ce qu'il leur enseignait, mais personne ne s'en inquiétait non plus. Ce qui est amusant quand on grandit dans une famille de sorcières, c'est que d'une certaine façon, l'enseignement se fait automatiquement. Il fait partie de la vie quotidienne. Pourtant, avoir un sorcier avec le pouvoir de Tom qui offrait d'enseigner aux jumelles leur donnerait beaucoup d'expérience.

J'avais eu la chance que ma Mémé fasse la même chose pour moi. Mais elle était décédée il y a des années. Celia et Delia étaient encore très jeunes. Au-delà d'apprendre davantage sur l'utilisation de la magie, c'était bien pour elles de passer du temps avec Tom. Il était discipliné et les tenait certainement à l'écart des problèmes au moins un après-midi par semaine.

Après notre shopping et après avoir entendu la propriétaire nous dire que les affaires avaient repris leur cours normal après ces quelques semaines où la situation était devenue un peu délicate, nous sommes retournées vers Persnickety Potions & Gifts. Liam venait nous chercher comme d'habitude. Je lui avais dit de nous retrouver sur la place du village. C'était un jour d'avril exceptionnellement ensoleillé. Bien que le printemps ne soit pas officiellement arrivé, la neige fondait enfin sur la place. Nous devrions traverser les averses de ce mois avant de pouvoir compter sur l'herbe verte et les fleurs à venir.

Pendant ce temps, le grand coup du sirop d'érable avait finalement été résolu. Livi était en prison, accusée de meurtre, de vol et de vandalisme. La phrase des mots croisés avait été déchiffrée avec succès après l'annonce de son arrestation. *L'amour véritable triomphe pour Livi et Benjamin. La vengeance est mienne, Livi*

Je suppose que sa vengeance était une bien maigre consolation en prison. Sa famille aurait pu continuer à gérer Munns Maple, mais ils ont plutôt choisi de le vendre et d'utiliser l'argent pour engager un avocat de renom. Son mari avait le cœur brisé par son prétendu amour pour Benjamin et ne croyait toujours pas qu'elle était coupable de quoi que ce soit.

Munns Maple avait fermé ses portes. Nathan avait réuni de l'argent parmi les bons sorciers et sorcières pour l'acheter, mais il n'avait pas le temps de préparer l'exploitation pour qu'elle soit opérationnelle cette année. La saison de l'érable était terminée et bientôt les érables seraient couverts de feuilles. Les bourgeons apparaissaient déjà. La sève d'érable avait annoncé précocement l'arrivée du printemps et le reste de la nature suivrait bientôt.

Liam et moi avions informé nos familles respectives de notre projet de mariage. S'il y avait eu des grognements en coulisses − ce à quoi je m'attendais pleinement − personne n'avait osé le dire à haute voix.

Qui pourrait raisonnablement contester notre choix de nous marier au même endroit que le premier couple Wicked-Good ?

Je supposais que quelques membres de la famille étaient contrariés car c'était un peu loin s'ils voulaient vraiment assister au mariage. Nos familles immédiates viendraient, ainsi que quelques autres personnes. Le reste assisterait à notre cérémonie et à notre fête de suivi au prochain solstice d'hiver.

Pour l'instant, j'avais hâte que le printemps arrive. En descendant la rue, j'ai vu Liam qui se tenait exactement au coin où je l'avais vu pour la première fois quand j'étais revenue à Charm Cove l'été dernier. Une fois de plus, il était appuyé contre un poteau de granit qui marquait le coin de Charming Way.

Les jumelles ont couru devant, sautillant avec leurs sacs de bonbons à l'érable. Je me suis arrêtée à côté de lui. Ses lèvres se sont courbées en un sourire, et je me suis demandé si j'étais folle, ou si le destin existait vraiment.

———

Merci d'avoir lu The Great Maple caper ! Si vous souhaitez être informé de mes nouvelles publications et autres nouvelles, inscrivez-vous à ma newsletter : subscribepage.io/35IYqX

Pour plus de malice, de magie et de chaos à Charm Cove, tournez la page pour un aperçu de Oopsy Daisy, le prochain livre de la série Wicked Good Mystery !

EXTRAIT : OOPSY DAISY

MOIRA WICKED

Le printemps était arrivé avec force. Peu importe combien de printemps j'avais passés à Charm Cove, dans le Maine, le passage rapide vers un temps plus chaud ne cessait jamais de m'étonner. On passait des nuits glaciales et des matins frais où le soleil dissipait la gelée sur l'herbe, à des fleurs qui éclataient soudainement à la vie. Les jours s'allongeaient avec la magie du lever du soleil, et les couchers devenaient encore plus glorieux. La brise salée venant de l'océan Atlantique était encore un peu fraîche au printemps, mais pas aussi vivifiante qu'en hiver.

Je quittais le travail un après-midi, traversant la place du village pour rejoindre ma voiture. Une fois la saison touristique lancée dans notre petite ville animée, je commençais à me garer dans la zone réservée uniquement aux propriétaires de commerces. Nous préférions garder le stationnement derrière le magasin ouvert pour les touristes venant à Persnickety Potions & Gifts. Nous n'étions certainement pas au pic de la saison touristique, mais les choses s'intensifiaient.

Alors que j'étais presque au centre de la place, une rafale de vent a fait voler une marguerite dans les airs qui a atterri sur mon épaule. En la cueillant, j'ai ri doucement.

— C'est plutôt étrange, ai-je murmuré pour moi-même.

Je n'y ai pas prêté plus d'attention et j'ai continué à marcher. Je traversais le trottoir de l'autre côté de la place quand une autre marguerite est tombée du ciel.

D'accord, c'est encore plus bizarre.

Quand je suis arrivée à ma voiture, j'ai été surprise de voir une marguerite sur le pare-brise. On était passé de bizarre à étrange, puis à carrément flippant. Secouant la tête, j'ai mis ça sur le compte d'un après-midi particulier.

Trois autres marguerites ont atterri sur mon pare-brise pendant que je conduisais vers la maison, frappant contre la vitre avant de s'envoler. Bien que je connaisse tout sur la magie et que je croyais fermement en son existence − étant donné que j'*étais* une sorcière et que j'avais pas mal de pouvoirs moi-même − j'ai décidé de considérer l'option la plus réaliste. Quelqu'un avait dû faire des travaux de jardinage et transporter des débris qui contenaient un tas de marguerites. C'est ce que je me suis dit. C'était le scénario le plus plausible auquel je pouvais penser. Mon explication interne était facilitée par le fait que je n'ai vu aucune autre marguerite sur le reste du trajet jusqu'à la maison.

Le lendemain matin, le soleil brillait intensément au-dessus de l'océan, et Charm Cove était aussi pittoresque que d'habitude − une charmante petite ville le long de la côte rocheuse du Maine. Je terminais mon petit-déjeuner et savourais mon café avec Liam Good, mon fiancé.

Il n'y avait rien d'inhabituel ce matin-là. Du moins, jusqu'à ce que mon chat, Ghost, arrive en trombe par sa chatière donnant sur la véranda arrière avec deux marguerites dans la gueule et une autre coincée dans son collier. Ghost, un chat habituellement majestueux qui réussissait toujours à garder un pelage d'un blanc éclatant, même s'il gambadait librement à l'extérieur la plupart du temps, semblait carrément offensé par ces marguerites.

Me tournant vers Liam, j'ai commenté :

— Je suppose qu'il a attrapé les marguerites parce qu'il était en colère contre elles.

Comme pour prouver mon point, Ghost a laissé tomber les marguerites sur le sol puis a secoué la tête, tentant de se débarrasser de la fleur coincée dans son collier.

— C'est vraiment bizarre. Hier soir, comme je te l'ai dit, il y avait ces marguerites qui tombaient du ciel. Tu en as vu ?

Liam s'est levé du tabouret où il était assis près du comptoir de la cuisine, le contournant pour mettre sa tasse de café vide dans l'évier. Ses cheveux noirs étaient encore humides de sa douche et ses yeux bleus brillaient dans la lumière matinale. Il a secoué la tête.

— Non, mais je suis rentré plus tôt que toi hier.

Me levant, je me suis dirigée vers la véranda grillagée. J'ai ouvert la porte et suis sortie pour trouver des marguerites *partout*. J'ai entendu Liam qui me suivait, la porte grillagée se refermant derrière lui alors qu'il montait sur la terrasse.

— Wow, a-t-il dit.

— Mais qu'est-ce qui se passe ? me suis-je exclamée.

Toute la terrasse au-delà des grillages était couverte de marguerites, tout comme la pelouse derrière la maison jusqu'à l'océan Atlantique. Charm Cove était situé à peu près à mi-chemin de la côte du Maine.

La maison que je partageais avec Liam était perchée sur une falaise surplombant l'océan. Les marguerites recouvraient le sol jusqu'à la falaise. Au-delà de la falaise, on pouvait les voir ballottées au bord de l'eau, s'étendant juste après les brisants. Des marguerites étaient éparpillées à la surface de l'océan bleu ardoise, le soleil faisant scintiller l'eau parmi elles.

— Tant pis pour ma théorie d'hier selon laquelle quelqu'un faisait des travaux de jardinage un peu trop enthousiastes, ai-je marmonné.

Liam a ri doucement.

— Oh, je dirais bien.

Comme pour approuver, quelques marguerites sont tombées du ciel, l'une atterrissant sur mon épaule et deux autres flottant jusqu'à la terrasse.

———

Plus tard ce matin-là, après quelques appels à travers Charm Cove, tout ce que nous savions, c'est qu'il y avait des marguerites partout. Le ciel pleuvait littéralement des marguerites. Elles tombaient par petites rafales avec des grappes de ces charmantes fleurs qui descendaient aléatoirement du ciel.

Avec les touristes qui envahissaient les trottoirs et les boutiques, tout ce que j'entendais toute la matinée, c'était marguerites, marguerites, marguerites et encore marguerites. À Persnickety Potions & Gifts, la petite boutique que je gérais pour ma famille à Charm Cove, il y avait un flux constant de clients, beaucoup d'entre eux ramassant des marguerites sur le trottoir pour les mettre derrière leurs oreilles ou les tresser dans leurs cheveux. Pendant ce temps, les lignes de communication entre les diverses familles de sorcières à Charm Cove bourdonnaient par téléphone, SMS et en personne.

Quand l'heure du déjeuner est arrivée, je suis sortie sur le trottoir. Persnickety Potions & Gifts se trouvait sur Charming Way, l'une des rues les plus fréquentées du centre-ville. Juste en face se trouvait la place du village, avec Wicked Way qui la bordait du côté opposé.

Charm Cove était une ville typique de la Nouvelle-Angleterre avec de jolies petites boutiques, de vieilles maisons coloniales et un petit centre-ville construit autour de la place du village. C'était charmant comme d'habitude ce midi de printemps, à l'exception des marguerites qui tapissaient tout le centre-ville. C'était certainement discutable de savoir si cela ajoutait au charme ou non.

Alors que je regardais autour de moi, une rafale de marguerites est tombée du ciel, quelques-unes atterrissant dans mes cheveux. Un homme qui marchait dans la rue avec un appareil photo s'est arrêté et a pris rapidement une photo de moi. Je ne le reconnaissais pas, mais je n'ai pas eu à me demander qui il était trop longtemps après qu'il se soit arrêté à côté de moi.

— Bonjour, je suis journaliste pour le *Maine News & Gazette*. Charm Cove fait la une des actualités ce matin. Accepteriez-vous de me donner une interview ? a-t-il demandé.

J'étais un peu stupéfaite à la vue des marguerites partout et j'essayais encore de comprendre ce qui se passait.

— Oh, au fait, je m'appelle Dale. Dale Anderson, a ajouté l'homme.

Avec un effort mental, je me suis concentrée sur lui.

— Bonjour. Vous venez juste d'arriver ici ce matin ? ai-je demandé.

— Oh oui. J'ai conduit depuis Portland et je suis arrivé il y a environ une demi-heure. J'ai fait le tour de la ville en voiture. Il y a des marguerites partout.

— Où est-ce qu'elles commencent ? ai-je demandé.

Étant donné que je n'avais été que dans les limites de la ville ce matin, j'étais assez curieuse de savoir d'où venait cette tempête de marguerites.

— Je suis venu par l'I-295 puis sur la Route 1. Quand on prend la sortie de la Route 1, les marguerites commencent. C'est un peu clair-semé au début, mais une fois que j'ai passé le panneau des limites de la ville...

Il a fait une pause et a ri.

— Eh bien, il y a des marguerites partout, comme ici, a-t-il expliqué en faisant un geste de la main.

Il y avait des marguerites *absolument* partout où je regardais. Le majestueux sapin baumier au centre de la place du village avait l'air ridicule avec des marguerites drapées partout dessus, comme s'il était décoré pour les fêtes.

— Ça va certainement alimenter les rumeurs concernant la réputa-tion de Charm Cove, a-t-il dit avec un rire étonné.

— Pardon ?

— Eh bien, vous devez savoir qu'il y a des rumeurs sur Charm Cove comme quoi la ville serait remplie de sorcières, a-t-il expliqué.

J'ai réprimé un soupir et gardé soigneusement une expression neutre. Étant donné que j'*étais* une sorcière, comme toute ma famille, j'étais bien consciente de la réputation de Charm Cove. Ma famille, les Wicked, ainsi que les Good, avaient fondé Charm Cove il y a des siècles. À l'origine, nous étions une ville composée uniquement de sorcières et de sorciers, mais nous nous étions bien cachés et vivions maintenant librement parmi ceux qui n'étaient pas bénis de pouvoirs surnaturels. Charm Cove était *toujours* principalement peuplée de sorcières et de sorciers, mais nous préférions garder cela secret.

Étant donné que notre jolie petite ville existait uniquement parce que nos ancêtres avaient fui Salem, Massachusetts avant l'hystérie concernant les sorcières, nous avions travaillé dur pour vivre tranquillement et paisiblement. Les sorcières et les sorciers étaient largement une force du bien dans le monde, mais les gens avaient tendance à craindre ce qu'ils ne comprenaient pas. Sans jeu de mots.

Bien que nous ayons largement réussi à cacher notre existence, des rumeurs persistantes circulaient. Un tas de marguerites tombant du ciel n'allait certainement pas aider dans le département des rumeurs.

Copyright © 2025 Lucy May ; Tous droits réservés.

———

1-click. Oopsy Daisy

Si vous souhaitez être informé de mes nouvelles parutions et autres actualités, inscrivez-vous à ma newsletter : subscribepage.io/35IYqX

MES LIVRES

Merci d'avoir lu cette histoire ! J'espère que vous avez apprécié la magie. Si c'est le cas, voici quelques façons d'aider d'autres lecteurs à découvrir mes livres.

1) Écrivez un commentaire !

2) Inscrivez-vous à ma newsletter pour recevoir des informations sur les nouvelles parutions : subscribepage.io/35IYqX

3) Aimez ma page Facebook à https://www.facebook.com/lucy mayauthor/

———

Série Wicked Good Mystery
Destiny's A Witch
Hex Me Not
Spells & Silver Bells
The Great Maple Caper
Oopsy Daisy
Siren Song Gone Wrong
Pumpkin Patch Murder
Série This Good Witch Mystery

Wish Upon A Witch
A Stormy Spell
A Stitch of Magic
Bee Charmed
Mystères Cozy du Thé Citronné
Witch You Wouldn't Believe
A Spell to Tell
Witch is When it Gets Crazy

Lucy May adore le café, les chiens, la cuisine et l'écriture. C'est une sudiste déplacée qui vit dans le Maine. Elle a appris à aimer les quatre saisons, mais elle a toujours la nostalgie des étés tranquilles du sud. Elle aime penser qu'elle aurait pu être une sorcière dans une autre vie et croit toujours à la magie. Elle passe son temps à créer des histoires paranormales drôles, sarcastiques et sensuelles.

9 781965 224359